涙の花嫁行列

たこ焼きの岸本❷

蓮見恭子

ハルキ文庫

角川春樹事務所

目次

涙の花嫁行列

たこ焼きの岸本 2

ミスター住吉鳥居前商店街

一

「お好み焼きと焼きそばの『フクちゃん』でございます！　いつもありがとうございます！」

高校は春休みに入っており、沢井十喜子《さわいときこ》も朝から店に立っていた。

「豚玉五つですね。はい。分かりました。え？　やっぱり豚玉をやめて、ミックスですか？　一枚だけ？　はい！　はい！　分かりましたっ！」

コテと鉄板がこすれる金属音が後ろで響き、相手の声が聞こえづらい。ついつい声が大きくなる。

「……店長。辰巳《たつみ》商店さん、豚玉が四枚とミックス一枚、それと焼きそば二つです。三十分後に取りに来られます」

メモを確認しながら、店主の福子《ふくこ》に注文の内容を伝える。

「はぁい。豚四にミックス一、焼きそば二やね」

振り返った福子の向こう側に鉄板があり、居並んだ客の顔が湯気でけぶっていた。福子の額《う》には薄っすらと汗が浮かび、その下で眉毛《まゆげ》が八の字に垂れ下がった。

「……十喜子ちゃん。注文を受けた時は『分かりました』より、『承りました』の方がええわね」

福子が左肩を上げ、二の腕で顔の汗を拭《ぬぐ》う。

「それと、もうちょっと優しいに応対したげて。忙しいから、急《せ》かしてしまうのん分かるけど、電話の時は特に気ぃ付けてや」

「あ、はい。すみません」

「ほな、今から辰巳さんの分を焼こか。冷蔵庫からバラ肉出しといて」

福子は、鉄板の上にじゃっと油を流すと、コテで均等に広げた後、持ち手がついたお好み焼き専用カップを取り上げた。そして、丁寧にかき混ぜながら、鉄板に生地を落とした。その間も、次々と客は訪れる。

日曜日の今日は、ここ住吉《すみよし》鳥居前商店街もいつも以上に人が多い。昼御飯の時間が近づくと、それまで川のように流れていた客が一人、二人と足を止め、店の前に行列を作る。

この時間に商店街を歩く人達は、買い物をしながら、「今日のお昼は何にしようか？」と考えている。そんなところに、鉄板の熱で焦げたソースや葱《ねぎ》の香りに鼻先をくすぐられるのだから堪《たま》らない。面白いように売れて行く。

「豚玉とミックス玉、それと焼きそば一つずつ」

「おばちゃん！　豚玉とモダン焼き二枚ずつ」

「はぁい。今から焼きますから、三十分ぐらいしてから取りに来て下さいねー」

「あのぉ、焼きそば十人前、欲しいんやけど……」

「恐れ入ります。ちょっと時間かかりますけど、よろしいですか?」

どんなに忙しい時であっても、福子の物腰は丁寧で、それが逆に頼もしく感じられる。

「ちょうど住吉公園の桜も見頃《みごろ》やし、今日は午後からも忙しなるわよ。十喜子ちゃん、じゃんじゃん野菜切ってな」

既に、目の前にはボウル一杯のキャベツの山ができている。

今でこそリズミカルな包丁さばきで、キャベツをみじん切りできるようになったが、最初の頃は丸ごと一個のキャベツの大きさと重さに怯《ひる》み、手伝っているのか邪魔をしているのか分からない状態だった。

これまでろくに家事を手伝っておらず、何もできない十喜子に、福子は根気よく包丁の使い方や食材の扱い方、客との接し方を教えてくれた。

(十喜子ちゃん。関西風のお好み焼きは、少ない生地と具が混ざりやすいように、キャベツはみじん切りにするのよ。できるだけ細かくした方がキャベツの甘みが出るし、食べた時にふわっとするねん)

今では福子にも褒められるほど、細かく刻めるようになった。ただし、速さではまだまだ福子に及ばない。

「十喜子ちゃん、ちょっとこっち手伝って」

「はーい」

包丁を置き、壁にかけられた鏡で顔をチェックする。一度、葱の切れ端を頰《ほお》につけたまま店頭に出て、笑われた事があったからだ。

大量の注文を受けた福子は今、コテを使ってお好み焼きをひっくり返したり、焼きそばを混ぜたりと忙しい。その横顔は、いつも通り涼し気だったものの、頭に巻いた三角巾《さんかくきん》には汗が滲《にじ》み、三月下旬とは思えない今日の陽気を表していた。

十喜子の仕事は、粉とキャベツ、卵を専用カップに入れてかき混ぜて並べるところまで。後は流れ作業で、福子が並べられたカップを手に取り、次々と鉄板に広げて行く。

「いっぺん、焼きそば焼いてみよか」

人の波が落ち着いた頃、福子が出し抜けに言うから驚いた。

「せっかく店に立ってるんやから、調理も覚えといて損はないで」

ごくりと唾《つば》を飲み込む。

店頭に立つと言っても、これまで十喜子に出来る事は限られていた。福子が調理に専念できるように材料を準備したり、焼き上がった商品を持ち帰り用のプラスチック容器に入れたり、お金を受け取ってお釣りを渡したり、調理以外の雑用が中心だった。

「手順は分かるよね？」

黙って頷《うなず》くと、見様見真似《みまね》で覚えたやり方で、準備を始めた。

鉄板の温度を調節し、油を落とす。その油をコテで伸ばし、しっかりと鉄板に染み込ませる。

最初に玉ねぎ、そして豚バラと順に焼いて行く。肉の表面が白くなったら、脇《わき》によけて、ざく切りにしたキャベツを一摑《つか》み鉄板の上に落とす。頃合いを見て、肉と野菜を混ぜ合わせて、途中で油を足しながら、塩胡椒《こしょう》で味付けする。

麺《めん》は最後だ。

肉と野菜を炒《いた》め合わせた後、麺を入れ、ソースをかける。

「そこで、しっかりコテを使って水分を飛ばすんよ」

ずっと黙って見ていた福子が、初めて指示を出した。

大きなコテは十喜子の手に余り、段々と腕がダルくなってきた。

十喜子の動きが鈍くなったと見るや、「代わるわ」と言われ、場所を開ける。

コテを受け取った福子は、十喜子とは比べものにならない大きな動きで、勢い良く焼きそばを混ぜ合わせた。ジャーッと油が跳ねる音に、カッカッとコテがこすれる軽快な音が響き、いかにも美味《おい》しそうだ。最後にもう一度、ソースを回しかけ、麺に絡ませるように炒めて完成させた。

福子はソバを一本だけ箸《はし》でつまみ、味見した。

「……うん、初めてにしては上出来。後は慣れやなぁ。あ、いらっしゃーい。焼きそばが出来たてですよ」

阪神タイガースの帽子を被《かぶ》った男性が、通りすがりにこちらを見ているのに気付くと、すかさず福子が声をかける。

「美味《うま》そうやな。一つ頂戴《ちようだい》」

早速、十喜子が作った焼きそばが売れた。

「ここで食べれるか？　立ち食いでええさかい」

「かしこまりましたー。十喜子ちゃん、紙皿に入れてあげて」

言われた通り、紙皿にコテで挟んだ焼きそばを盛り付け、鰹節《かつおぶし》をふりかけたら、紅ショウガを添える。

「ええ匂《にお》いやなぁ。ビールが欲しなるわ」

「すいません。ビールは置いてませんけど、コロッケはいかがですか？　お向かいの『マスダ』さんのコロッケ、美味しいですよ。な、カズちゃん！」

フライヤーの前でコロッケを揚げていたカズちゃんが、男性客を上目遣いで見る。

カズちゃんは十喜子より二つ上の十八歳。抜けるように色が白く、くるくると巻いた髪を頭の高い位置で結んでいる。小柄で華奢《きやしや》なのに、目だけが大きく、子猫のように可愛《かわい》い顔をしている。

案の定、男性客は鼻の下を伸ばして、「ほんなら、コロッケも貰《もら》おか」と誰《だれ》に言うでもなしに呟《つぶや》いている。

「今日の夕飯にメンチカツもどうですか?」と、さらに福子が畳みかける。

「おう。ええなぁ」

「カズちゃーん、コロッケにメンチカツを追加。包んどいて」

「おおきにぃ、大将」

鼻にかかった声で「大将」と呼ばれて嬉《うれ》しいのか、男はニヤニヤしている。

「あんたら、協同組合か? ん……。ずるずるっ……。美味い!」

音をたてて焼きそばをすする客に、十喜子はほっと胸を撫《な》でおろす。

「気分がええでしょ? 自分が作ったもんを、お客さんが美味しそうに食べてくれると」

十喜子が元気よく「はい!」と答えると、福子は満足そうに頷いた。

「フクちゃん」は、福子が数人のバイトを回して経営しているお好み焼きと焼きそばのテイクアウト専門店で、住吉鳥居前商店街の中ほどにある。

住吉鳥居前商店街は住吉大社のすぐ傍《そば》にあり、南海本線粉浜《こはま》駅と住吉大社駅の一駅間に、日用品から食料品、ブティックや美容院などのファッション関連の店と、生活に必要なものが一通り揃《そろ》ったアーケード商店街だ。

そのフクちゃんでアルバイトを始めたのは、去年の夏休みの少し前。浮き浮きしながらも緊張して臨んだ入学式の後、新しい環境に慣れ、友人も出来た頃だった。

平日は学校から直接バイト先に向かい、休日は朝から入る。時給は四百円と安かったが、賄いで「好きなだけ店の商品を食べていい」と言う条件につられて働き始め、九ケ月を迎えようとしている。

「あぁ、疲れた。今日は忙しい上、暑かった」

乾いたタオルを手に取ると、福子は頭に被った三角巾を外し、濡《ぬ》れた髪を拭った。

「十喜子ちゃん。今日はもう上がってええわよ。お疲れ」

「お疲れさまでした」

頭に巻いた三角巾と、ソースと油で汚れたエプロンをとり、バッグにしまう。

そして、商店街の中を歩いて、住吉大社駅へ向かう途中、精肉屋の隣にある煮豆屋に寄った。

煮豆屋では店先にショーケースを出し、店の名前通り金時豆や大豆を炊いたのや高野豆腐、他に青菜のお浸し、ポテトサラダなどをホーローのバットに入れて、量り売りしている。

折しも夕飯用の買物で人がごった返していて、ショーケースの上の量りには、次々とプラスチックの容器に入った食材が載せられ、瞬く間に売れて行く。

お金は天井からつるした笊《ざる》に入れられ、お釣りもそこから渡される。

後から来た人が前に割って入ろうとしたから、負けじと十喜子は声を張り上げた。

「卯《う》の花！　二百下さい！」

しゃもじを手にした白い割烹着《かっぽうぎ》の女性が、申し訳なさそうな顔をした。

「悪いけど、ついさっき売り切れたんやわぁ」

見ると、バットは空になっていた。

「井山《いやま》さんで聞いてみて。ここ、ちょっと行った先の豆腐屋さん。うちの名前を出したら、売ってくれるさかい」

そう言って、粉浜駅方面を指さす。

再び人の波に揉《も》まれるようにして来た道を戻り、言われた店を目指した。

八百屋、鮮魚店、その向こうが井山豆腐店だ。

――何で豆腐屋なんやろ？

水槽に沈められた木綿《もめん》豆腐や絹ごしの他に、ショーケースの中にひろうすや絹揚げが綺《き》麗《れい》に並んでいる。だが、卯の花らしきものは見当たらない。

「いらっしゃい。お嬢ちゃん、何しよ」

店先でいつまでも悩んでいたら、白い防水エプロンに長靴を履いた男性が気付いてくれた。

「あの、卯の花はないんですか？　母から頼まれて……。そこの煮豆屋さんで、売り切れたから豆腐屋さんで売ってもらえって言われて来たんです」

「あぁ、はいはい。お母ちゃーん。おからの炊いたん、持って来て」

「え、おから？　私が欲しいのは卯の花で……」

「何や、知らんのかいな？　おからの事を卯の花と呼ぶんや。ついでに教えといたろ。おからは豆乳の搾《しぼ》りかすで、豆腐を作る途中で出来るんや」

普通は捨てるおからを、出汁《だし》と調味料で甘めに煮付ければ、「卯の花」というお惣菜《そうざい》になるのだと教えてくれた。

奥からお婆《ばあ》さんが、ボウルを手に出てきた。

見慣れた煮豆屋の卯の花と違って、具がたくさん入っている。そして、妙に人を惹《ひ》き付ける香ばしい匂いがする。

「なんぼほど入れまひょ？」と、お婆さんがしゃもじを手に取った。

「二百グラム下さい」

豆腐を入れる容器に、ボウルから卯の花が移される。どうみても、五百グラムはある。

「これぐらいか……。はい」

量りもせずに、容器ごとビニール袋に入れ、くるくるっと口を結ぶ。その手は分厚く、赤らんでいる。

「あ、幾らですか？」

「んー。百円だけ貰《もら》とこか。材料代」

新聞で包まれた卯の花が、ぽんと十喜子の手に載せられる。どうやら、売り物ではないらしい。

「いやぁ、お嬢ちゃん。おからなんか頼んだらタダで貰えるんやから、そんなん買わんでも、家でお母ちゃんに作ってもらいや」

一部始終を見ていた買物客が、わざわざ声をかけてきた。

「奥さん。今のお母さんは自分で作らんと、出来合いを買わはるんや。おかげで煮豆屋や総菜屋が儲《もう》かるんやわ」

お婆さんが「ほっほっほっ」と笑う。

「ほんま？　おからの炒《い》り煮なんか簡単に作れるのにねぇ。あ、木綿と薄揚げ、それと私にも、そのおからの炊いたん頂戴。味見ついでに貰うわ」

自分で作れると言ったのに、結局は買うようだ。

「はい、はい」

お婆さんは水槽から木綿豆腐を一つ、泳がせるようにして掬《すく》い上げると、プラスチックの容器に入れた。そして、容器ごと水槽の傍に置いた灰色の機械の中に滑らせた。レバーを押し下げると、不思議な事にビニールの口が閉じられ、水が漏れないように梱包《こんぽう》される。その豆腐を一番底にして、新聞紙で包んだ薄揚げを重ねて手提げに入れ、卯の花は別に包んだ。

午後五時を知らせるサイレンが、何処《どこ》かで鳴った。

一日の終わりを告げる音は物悲しく、糸を引くように十喜子の耳の中でぐるぐると響いた。

――今度、豆腐のお使いを頼まれたら、ついでにおからを貰って、作り方を聞いて、自分で卯の花を作ってみよかな。

初めて作った焼きそばを「美味しい」と言ってもらえた事で、十喜子の気持ちは高揚していた。

二

「今日の卯の花、いつものんと違うわね」

消毒液とお手洗いの臭《にお》いのする部屋で、母は包みを開いた。

井山豆腐店の卯の花は、人参《にんじん》、葱、椎茸《しいたけ》の他にピーマンが入っていて、彩りが綺麗だ。

そして、香りも良かった。

「売り切れてたから、別の店で買《こ》うてんけど……」

「ゴマ油を使ってるんやね」

鼻を近づけて、すんすんと匂いを嗅《か》ぐ母。

「あ、美味し」

卯の花を一口味見するなり、母の顔がほころぶ。

「これから、この店で買うてきてや」

「今回はたまたま売ってもらえたけど、売りもんとちゃうみたい。おからは豆腐屋でタダで貰えるから、今度は私が作ろか？」

「へぇ、十喜子が料理なぁ。楽しみやな。お父ちゃん」

ベッドに座った父は、ゆっくりとお粥《かゆ》を噛《か》んでいる。

ここは宿院《しゅくいん》にある市立堺《さかい》病院で、急いで駆け付けたおかげで夕飯の時間に間に合った。

母は「ちょっとだけ。看護婦さんには内緒」と言って、卯の花をスプーンで父の口に運ぶ。

父の顔がぱっとほころぶ。

「美味いなあ」

声に痰《たん》が絡む。

「病院の御飯て、味付けが薄いでしょ？　せめて、山椒《さんしょう》とかゴマ油で風味ぐらいつけてくれたらええんやけど」

だが、二口目を勧めたところ「もうええ」と、父は口を閉じた。そして、「すみよっさんの御田《おんだ》も、そろそろレンゲの季節やなぁ」と呟いた。

「すみよっさん」というのは住吉大社の愛称だ。子供の頃は親のお供でお参りし、帰りに近くの店でお昼を食べるのが楽しみだった。

父によると、堺は古くは住吉大社領であり、宝永《ほうえい》元年（一七〇四）の大和川《やまとがわ》の付け替えにより地続きでなくなったらしい。だからか、市を跨《また》ぐという感覚はなく、また、自宅が大阪市と堺市を分かつ大和川のすぐ傍にあり、電車に乗ればものの十分もかからないのもあって、子供の頃から初詣《はつもうで》はもちろん、何かと言えば住吉大社に参拝した。

「十喜子、学校はどうや？」

父が十喜子の方に顔を向けた。その顔は油紙のような、ひからびた茶色になっていた。

「まあまあ」

「彼氏はできたか？」

母が笑った。

「お父ちゃん、何を寝ぼけた事を言うてんのん。十喜子の学校には、女の子しかおらんわよ」

「そんなん分かるかい。学校の行き帰りに、よその学校の男子に声かけられる事もあるやろ」

母が物問いた気に十喜子を見たから、「ない、ない」と手を振る。

「ほら。お父ちゃんの取り越し苦労」

「十喜子。男は顔で選んだらあかんど」

「やって。十喜子」

その時、廊下からガラガラと配膳車《はいぜんしゃ》を引っ張る音がした。夕飯の食器を下げにきたようだ。

「帰ろか」と、母は立ち上がる。

「ほんなら、また明日な」

病院から阪堺線《はんかい》・宿院停留場までは歩いてすぐだ。そして、一両編成の電車に乗り、大和川停留場で降りる。

目の前には一級河川・大和川が流れ、大阪湾《おおさかわん》の方角に沈んでゆく太陽が、空に複雑な模様を作り出していた。

去って行く電車を見送りながら、母と二人で川沿いを歩く。

天井川でもある大和川の堤防は高く、土手には菜の花が咲き乱れている。堤防に設けられた階段を降りれば、そこには川底より低い住宅街が広がる。

「十喜子にだけは言うとこ思ってたんやけど……。お父ちゃん、あんまりええことないんよ」

咄嗟《とっさ》に言葉が出ず、顔を上げる事ができなかった。

日は翳《かげ》り、外灯の光が母と十喜子の影を長く引き伸ばしていた。

「さっきの話やけど……。お父ちゃんにすみよっさんのレンゲを見せたりたいなぁ」

それは、「もう来年はない」という事なのか。

無言で歩くうちに、自宅が目の前に迫っていた。

玄関を開けると、母はいつもの調子に戻って「ただいまー！」と明るい声を出した。

家にいるはずなのに、千恵子《ちえこ》の返事はない。代わりに、二階が騒がしかった。

「また、踊ってんかいな。千恵子は」

母は独り言を言うと、ダイニングに入って、食卓に冷蔵庫から出した料理を次々と並べてゆく。

菜の花のお浸し、ぜんまいと薄揚げの煮物は、いずれも父の好物だ。

テレビをつけると、サザエさんが始まっていた。

「十喜子、テレビは後。先にお箸並べて。ついでに、千恵子も呼んできて」

のろのろと席を立ち、廊下に出て、階段の下に立つ。

「チエちゃーん。御飯！」

返事はない。代わりに、大音響の音楽が階下まで流れてきた。

どすどすと階段を上がり、千恵子の部屋の扉をノックした後、返事を待たずに開ける。

「御飯やで！　チエっ！」

千恵子はカセットテープで松田聖子《まつだせいこ》の曲を流し、鏡の前で振りをつけながら一緒に歌っているところだった。

頭には、菓子店の包装に使われていたリボンが結ばれ、マイク代わりに、音楽の授業で使うアルトリコーダーを手にしている。

そして、思いっきり笑顔。

「お姉ちゃん！　いきなり開けんとってや！」

鏡に映った笑顔が、十喜子を認めるなり鬼の形相となる。

「あーっ！　それ私の服！」

バイト代で買った、大きな襟のブラウスとオレンジピンクのフレアースカートは、まだ下ろしていない新品だ。

「もうっ！　脱いでよ！」

「ええやん、ちょっとぐらい。ケチ！」

「ええ事ない！　あぁ、汗染みがついてる……」

千恵子が握っていたアルトリコーダーをひったくると、思わず頭を小突いていた。

「痛いっ！」

負けじと摑みかかってきた千恵子が、十喜子の髪を引っ張った。その手を摑んで、爪《つめ》を立てるが、「痛い！」と叫びながらも、千恵子は髪を摑んだ手を放さない。

「チエちゃんのアホっ！　あんたなんか高校に受かれへんわ！」

「落ちた人が偉そうに言わんとって！　お姉ちゃんのせいで、私がお母ちゃんからやいやい言われるんやで」

十喜子は一年前の高校受験で本命の公立高校に落ちてしまい、滑り止めで受験した私立高校に通っている。

「せやからって、人の服を勝手に着てええいう話とちゃうやろ」

「こんな服、お姉ちゃんには勿体《もったい》ない。お姉ちゃんには、あの墓石みたいな制服がお似合いや」

「私が働いて、自分のお金で買うた服でしょ？　あんたに文句言われたない！」

爪を立てる指に力が入る。

膠着《こうちゃく》状態のまま、十喜子は目だけ動かした。

壁に貼《は》られた、笑顔の聖子ちゃんと目が合う。その隣には、トシちゃんとマッチ、ヨッちゃんが仲良く肩を並べて写っているポスター。

教科書は勉強机から押し出され、「平凡」と「明星」で埋め尽くされている。

二つ違いの千恵子は、もうすぐ中学三年生になる。来春には受験を控えているというのに、勉強している形跡はない。

母から「勉強しろ」と言われる度に、「お姉ちゃんは勉強してたのに、失敗したやん」と口答えするから肩身が狭い。姉として、面目丸つぶれである。

それにしても千恵子の成績は惨憺《さんたん》たるもので、このままだと私立の底辺校しか受験できないと脅されたらしい。真っ青になった母に千恵子は「私もバイトしたらええんやろ」と嘯《うそぶ》き、母をてこずらせている。

（そういう問題とちゃう。あと一年あるんやから、ちょっとでも成績を上げて、公立に合格できるように努力するのが筋でしょ！）

（お姉ちゃんはバイトしてるやん。ズルいわ）

夜更けに、母娘《おやこ》で言い合う声が聞こえてくる事もあった。

十喜子は中学時代には、一応は人並みに勉強していた。バイトを始めたのも高校に入った後からだし、好き好んで私立に通っている訳ではない。ズルいと言われる筋合いはなかった。千恵子は姉がバイトで貯めたお金で自分の服を買ったり、自由にお金を使っているのが羨《うらや》ましくてしょうがないだけなのだ。

「あんたら！　何をやってんの！」

ついに母が乗り込んできた。

「チエちゃんが私の服を……」

「お姉ちゃんが殴った！」

口々に訴えるのを、「さっさと御飯食べてしまいなさい！」の一言で一蹴《いっしゅう》する。

「小さい子供やあるまいに、情けない」

母はダイニングテーブルに着くと、ふくれっ面の十喜子と涙目の千恵子が席につくのを確認した後、「いただきます」と言った。

仕方なく、二人揃って「いただきます」と手を合わせる。

「今度、お父ちゃんの外出が認められたら、皆ですみよっさんへ行かへんか？　ついでに、その辺で御飯でも食べて」

「私……バイトやから」

「そうか。千恵子は？」

「……」

無言のまま、御飯を口に押し込む千恵子。

「千恵子。返事ぐらいしなさい」

「ごちそうさま」

夕飯を半分以上残すと、千恵子は立ち上がって二階の自分の部屋に戻った。すぐさま大音量の音楽が流れてきて、気まずい沈黙を埋めてゆく。

「はあぁ」と溜息《ためいき》をつくと、母は無言で食事を再開した。

母はお勤めはしていなかったが、裁縫が得意で、洋品店から頼まれて内職していた。父が病に倒れた後は、その数を増やしているようで、夜、お手洗いに行くのに二階の自室から階下に降りると、ダイニングの灯《あか》りが点《とも》っている事が多くなった。

「ほんなら、私とお父ちゃんだけで行ってくるわ」

「それが、ええんちゃう？　夫婦水入らずで」

「お昼は久し振りに『豆新《まめしん》』の焼き飯にしよかなぁ。あんたらが子供の頃、よう行ったやろ？　お父ちゃんは食べられへんかもしれんけど」

「え？『豆新』て、まだあるん？」

「豆新」は、住吉大社の傍にある、中華料理店だ。

「『豆新』に行きたいんやったら、十喜子の休憩時間に合わせるで。バイト先、近くやろ？久しぶりに一緒に昼御飯しよや」

　母からの誘いに心が動いたが、高校生にもなって両親と一緒に外食するのは子供っぽい。天秤《てんびん》にかけた末、食欲より、羞恥心《しゅうちしん》の方が勝った。

「やめとく」

「遠慮しいな。店まで迎えに行ったるわ。あんたがバイトしてる店、商店街のどのへん？」

「いや！　絶対に来んといてっ！　食べたかったら、自分のバイト代で行くから」

「へぇ、自分で稼いだお金でねぇ。十喜子も偉なったもんやねぇ」

　母の言葉に反発するように、御飯を口に押し込む。

（そんな言い方せんでもええやん）

　そう言いたいのを嚙み潰《つぶ》しながら。

三

「住吉《すみよし》の浜《はま》学園の名前の由来の通り、昔は住吉大社の近くまで海が迫っていました。春は潮干狩りや磯遊びができ……」

壇上の校長の背後には、後光のような光輪が天井から吊《つ》り下がっていた。いつもの事ながら、校長の話は長い。

生徒の中には船を漕《こ》ぎ出しているのもいて、十喜子も手にした桜色の数珠《じゅず》を、退屈しのぎに弄《いじ》っていた。

創立以来変わっていないという、古臭い灰色の制服は、周囲の学校の生徒からは「歩く墓石」と呼ばれ、その墓石がほの暗い講堂に整然と並ぶ光景は、さしずめ墓場だ。

一応、自宅に仏壇はあったが、特に信心している訳ではない。本命の公立高校の滑り止めにと、たまたま十喜子の成績に見合った学校として、この仏教系の学校を併願するように担任から勧められ、受験しただけだ。

仕方なく通っている学校ではあるが、悪い所ばかりではない。

まず立地が良かった。南海本線住吉大社駅を降り、住吉公園内を歩いて国道26号線を渡った先、元は海だったという場所に校舎が建ち、三階の窓からはこんもりと茂った公園の植樹《うえき》を楽しむ事が出来る。

駅前には商店街があるから、ちょっとした日用品や服、文房具や食料品が買えるから、環境としては申し分ない。

パーマや毛染めが禁止だったり、校則はそれなりに厳しく窮屈なものの、学校に届けを出せばアルバイトをしたり、原付の免許を取るのも可能だ。

今、気持ちが塞《ふさ》いでいるのは、学校が原因ではない。

（お父ちゃん、あんまりええことないんよ）

母から打ち明けられてから、半月が経《た》った。

たまにお見舞いに行く程度だが、父が快方に向かっているとは思えず、かと言って目に見えて弱ったという事もない。本当に外出許可が出て、住吉大社へ行けるかどうかも分からないし、あれ以来、母も何も言ってこない。

あの時、咄嗟に覚えたのは、訳もない苛立《いらだ》ちだった。

父は中小企業の経理部に勤めていて、夕飯時にはきっちり帰宅したし、お酒の匂いをさせて帰ってくる事もない真面目《まじめ》人間だ。

そんな父が、十喜子が高校に入学した後に体調を崩し、入退院を繰り返している。

詳しい病状は聞かされていないが、手術をした後も顔色は悪いままで、随分と痩《や》せた。

ただ、時には自宅に戻って療養している事もあったし、元々お酒も煙草《タバコ》もやらないのだから、そんなに重病であるはずがない。母が言うように「疲れているだけなのだ」と信じ、気楽に考えていた。

だから、今になって母から「父を交えて家族で出かけよう」と言われても、素直な態度がとれなかった。まるで「お父さんが元気なうちに、家族で思い出作りをしよう」と言われているみたいで、どういう態度で父と接したら良いのか分からない。

父がいなくなる。

その事が、どう自分の生活を変えるのかも、十喜子には想像できなかった。

頭の中で不安をかき混ぜているうちに、朝礼は終わった。

後は整列して教室に戻り、授業が始まるのを待つばかり。一限目が始まるまでのわずかな時間に席を立ち、仲良し同士の輪がそこかしこに出来る。

「十喜子ちん。おはこんばんちは」

サラリと長い髪が視界に入り、見上げるとセルロイドの眼鏡ごしに、アラレが十喜子の顔を覗《のぞ》き込んでいた。

真《ま》っ直《す》ぐな髪に、大きな眼鏡といった恰好《かっこう》から、皆からアラレと呼ばれている。本人も意識してか、アニメのアラレちゃんと同じような喋《しゃべ》り方をする。

「どれどれ。進路調査書は、ちゃんと書いてるかにゃあ？」

アラレは勝手に人の鞄《かばん》に手を入れると、昨日、配られたばかりのプリントを探し出す。

「うほほーい、真っ白でしゅか？」

志望大学を第三希望まで記入する事になっていたが、埋まっていない。

私立高校の進路指導は早い。

まだ、高校二年の春だというのに、一学期が始まった途端に進路調査書が配布されていた。

「アラレは進路、決めてんの？」

「んちゃ。あたし内部進学」

住吉の浜学園には、短期大学が併設されているのだ。

「そうなん。実は、うちもそうしろって言われてるんやけどなぁ……」

外部からの受験となれば、それなりに難易度の高い住吉の浜学園短期大学だったが、内部進学であれば、定期テストだけ頑張っていればエスカレーター式に上がれる。短大卒業後は何処かの企業に入社し、二十五歳ぐらいで寿退社すればいい。

入学して以来、ずっと母にそう言い聞かされてきた。

何かやりたい事がある訳ではないが、かと言って親に将来を決められるのも気に入らない。それに本音を言えば、墓石学校とは高校でおさらばしたかった。

だが、父が居なくなるのであれば、進学どころか、ここに通うのだってかなわなくなるかもしれない。

そんな事、今の状況で母に聞けないし、一年先の話など神様でもない限り分からない。

「他の大学に行くんやったら、そろそろ受験勉強せんとあかんよ」

十喜子の思いも知らずに、ブリ子こと真理子《まりこ》が割り込んできた。

真理子は上にも横にも身体《からだ》が大きく、男の子のように年がら年中日焼けしていた。やたらと正義感が強く、納得できないと先生相手にもブリブリ文句を言うせいで、ブリ子と呼ばれている。

「ええなぁ、ブリ子は。スポーツ推薦で進学できるんやろ？」

彼女は昨年、投擲《とうてき》競技でインターハイの一つ手前の大会まで勝ち上がったから、今年はリベンジを狙《ねら》っている。インターハイに出場して上位の成績を出せば、大学からスカウトの話が来ると言う。

「うーん。せやけど、スポーツ推薦で進学したら、大学でも競技を続けんとあかんからなぁ。どないしよ」

「ほんなら、内部進学？」

「それはない。私は陸上部が強いからここに来たけど、短大に陸上部はないし……」

「競技を続けたいんやったら、声かけてもろたところに進学したらええやん」

「そんな簡単な問題やない。何処でもええ訳やないし……。それ以前に、インターハイに出るんが先や」

アラレはアニメオタクで、ブリ子はスポーツ少女。

趣味も性格も全く違う二人は、共に専願で住吉の浜学園を受験し、中でもブリ子は強豪陸上部で切磋琢磨《せっさたくま》するべく、目標を持って入学してきた。

また、何かの間違いで入学してきた十喜子のような生徒は別として、ここには母娘二代で「住浜っ子」という生徒が多かった。だいたいが商家の子供達で、中には親が医者や弁護士という生徒もいた。つまり「ええし」、標準語で言うところの良家の子供が集っているのだ。

だからか、ここでは生徒同士の間に、ちょっとした壁があった。

何となく馴染《なじ》めずにいる者同士というのは、何故《なぜ》かお互いに分かる。ブリ子やアラレとは、どちらからともなく声をかけ合い、一緒にお弁当を食べながら、友情を育んできた。

「大学は、男子のおる学校がええな」

唐突にブリ子が言う。

「え、ブリ子ちん、男の子に興味あったんでしゅか?」

「当たり前やん」

「十喜子ちんは?」

「ない事はない」

「ええええー、衝撃! 私は男の子がイヤで、女子校に来たんでしゅ。皆も同じだとばっかり……」

アラレが素《す》っ頓狂《とんきょう》な声を上げたところで、教室の扉が開き、一限目の授業の先生が入ってきた。

「起立！」

学級委員の号令を合図に、皆、慌てて自分達の席へと戻った。

だが、先生はすぐに授業を始めず、十喜子の机にメモを置いた。

『自宅から電話あり。すぐに職員室へ行くように』

四

お焼香を済ませた弔問客が、次々と目の前で立ち止まっては、通り過ぎて行く。

「この度は誠に残念な事に……。どうか、お気持ちを強く持って下さい」

喪主である母が十喜子の左側に立ち、弔問客が語尾を濁すようにお悔やみを言うのに、言葉少なに応《こた》えていた。

一方、反対側に立つ千恵子は声をあげて泣きじゃくり、それが斎場の高い天井に跳ね返り、弔問客の涙を誘った。

二人の間に立つ十喜子は目を伏せ、相手の靴ばかり見ていた。

ずっと気持ちを張り詰め通しの母を労《いた》わる事も、子供のように泣き続ける千恵子を慰める事もできず、斎場の係員の指示通りに動き、機械のようにお辞儀をしているだけだ。

父は誰にも看取られずに逝った。

その日は入浴の予定で、ベッドで介助の人が来るのを待つ間、ひっそりとあの世に旅立って行った。

人が亡くなる時というのは、家族が見守る中で何かを言い残した後、ガックリと首《こうべ》を垂れる。そして、医師が脈を取り、「ご臨終です」と厳かに言う。漠然と、そういうものだと考えていた。

だから、特に苦しむ事もなく、眠るように亡くなったのだと言われても実感が湧《わ》かない。父の会社の人達は、お焼香が済むと足早に会場を出て行った。これから仕事に戻るのだろう。その事が父の会社での立場を物語っていた。

父の生前、母は「営業と違って、経理は人付き合いせんでええから助かるわ」と、常々言っていた。義理でお歳暮を贈ったり、飲み会に参加しなくて良いという意味だ。

慌ただしく立ち去る弔問客を見るうちに、故人の生き方は、葬式という場で露《あら》わになるものなのだと、ぼんやりと考えていた。

父は特に人に嫌われる事もなかった代わりに、慕われていた訳でもなかったのだろう。

千恵子は昨日から泣き通しで、誰かが慰める度に、泣き声が大きくなる。その悲劇のヒロインぶりに、十喜子は白けた気持ちになった。

――ずっとお父さんをばい菌扱いして、口もきかんかったくせに。

中学に上がってからは、「風呂《ふろ》に入っている時に、お父ちゃんが洗面所を使った」とか、「下着を一緒に洗うな」などと言っては、母と喧嘩《けんか》になっていた。

皆から同情するような視線を寄越《よこ》されるのも嫌だった。だから、昨夜の通夜《つや》にアラレとブリ子が来てくれた時、二人を誘って外に出た。

最初は殊勝に悔やみらしき事を口にしていた二人だったが、そのうち「読経《どきょう》したお坊さんが寛平《かんぺい》ちゃんに似てた」とか、「葬儀屋の係員がこっそり欠伸《あくび》してた」とか、いかにも女子高生らしい話題で笑い始めた。

そして、「お母さんと妹さんによろしく」とだけ言い、手を振って帰って行った。友人の不幸に必要以上に騒ぐ事なく、普段通りに接してくれるのが、今の十喜子には有難かった。

いよいよ式は終盤に差し掛かり、係員が棺《ひつぎ》に入れる花を祭壇から抜き取り、弔問客に渡す準備を始めた。

「十喜子ちゃん、寂しなるね」

聞き覚えのある声に顔を上げると、目の前に福子が立っていた。

「店長……。来てくれたんですか?」

店はどうしたのか気になった。

「助っ人に留守を頼んで、抜け出してきてん」

「……ありがとうございます。あの、私のシフトですけど……」

バイトは暫《しばら》く休みを貰っていたが、長く休めば迷惑をかけてしまう。いっそ代わりに誰かを雇ってもらった方が良いとすら考えていた。

「高校生がそんな余計な心配せんでええ。それより、動いてた方が気ぃが紛れるから、落ち着いたら手伝いに来てな。負担にならん程度に……」

返事をしようとして、言葉に詰まった。

「お姉ちゃんやさかい、気を張ってるのは分かるけど、あんまり無理しいなや」

「は……い」

「これからはお母ちゃん、妹さんと力合わせて、しっかり……な」

福子が目をやると、千恵子が涙声で言った。

「お父ちゃん……、お父ちゃんとは、私、最後の方はちゃんと喋らんかって……。死んでしまうんやったら、もっとお見舞いに行って、お父ちゃんといっぱい喋っといたら良かった……」

そして、初対面の福子に抱き付いて泣き始めた。

福子は千恵子の頭を抱き、優しく髪を撫でた。

その様子を見るうちに、十喜子は逆に身体に心棒が入ったように力がみなぎった。

——あかん。この子はまだ中学生や。子供や。私がしっかりせんとあかん。

五

父の初七日を済ませた辺りから、十喜子の生活は徐々に元に戻って行った。

一週間ぶりに学校へ行き、何事もなかったかのように教科書を開いて、休み時間にはブリ子やアラレと喋る。

そうやって、日々は過ぎて行った。

ゴールデンウィーク初日。十喜子は朝から「フクちゃん」に立っていた。

「ちょっとだけ店番頼むわ」

昼時に殺到した客も落ち着いた頃、一万円札を手に、福子が馴染みの店に両替を頼みに行くのを見送る。

福子が出て行ったのと入れ違いに、見慣れない客がふらっと現れた。

ウルフカットというのだろうか、西城秀樹《さいじょうひでき》や野口五郎《のぐちごろう》のように襟足を長くしたヘアスタイルで、そろそろ陽射《ひざ》しが強くなろうかという季節なのに、ピンストライプの臙脂《えんじ》色のスーツに、太いズボン、第一ボタンを外したシャツの襟元に、だらしなくネクタイをしめている。

色が白く、形の良い凛々《りり》しい眉や目鼻立ちも垢抜《あかぬ》けていて、顔や服装だけ見ると、芸能人のようだった。が、残念な事に足の長さが足りなかった。

――もしかして、芸人さん？　吉本《よしもと》新喜劇にこんな人がおったような、おらんかったような……。

男は店先を物色し、何か言った。

相手の風体に気を取られてぼんやりしていると、男は大きな目を真っ直ぐ十喜子に向け、再び声を発した。

「何が出来るん？」

はっとして相手の顔を見ると、驚くほどまつ毛が長いのに気付いた。

「えーっと、どういう意味なのか……」

ふいっと視線を落とすと、男は鉄板を指さした。

「見たところ、全部捌《は》けてしもとる。腹が減ってるし、何でもええから、自分が作れるもんを頼むわ」

「……焼きそばやったら作れますけど」

「ほんなら焼きそば」

「お一つでいいですか？」

「おう。ついでに五人分ぐらい作っとき。ええ匂いを嗅いだ通行人が、ふらふら〜っと買うてくれるはずや」

「変な人」と思いながら、鉄板に油を落とす。男は、十喜子がコテで油を延ばす様子をじっと見ている。

「焼き上がるの待ってる間に、冷やし飴《あめ》を貰おか」

ポケットから百円を取り出し、店先の台の上に置くと、勝手知ったるという様子で、サーバーから自分でグラスに注《つ》いだ。

「あ、私が……」

「ええから。ええから」

小さめのグラスに、琥珀《こはく》色の液体が注がれる。

飴と言ってもキャラメルのようなものではない。湯に水飴、生姜《しょうが》の搾り汁と卸し生姜を加えた飲料で、香り付けにニッキ（シナモン）を使っているので、独特の褐色半透明をしていて、真夏に冷やして飲むと、喉《のど》がすっきりする。

冷却装置の上に置かれた透明な四角い箱の中で、噴水状に飲みものが攪拌《かくはん》されるサーバーは、冷やし飴の他にアイスコーヒーとグリーンティーも置いていて、今頃の時期から九月下旬頃まで販売される。

「ええ事を教えといたろ。客を待たせる時は、一言『何か飲み物でもどうですか？』と言うてみ。その一言で、ちょっとした利益が出るんや」

美味そうに冷やし飴を一気に飲むと、グラスをかかげてにっと笑う。

——やりにくいなぁ。

何で客に指示されなければならないのか？　そう思ったが、殊勝に「分かりました」と答え、玉ねぎと豚バラ、キャベツを焼く。根気良くコテで具材をひっくり返し、時には脇にどけて、頃合いを見て塩胡椒したり、途中で油を足す。

十喜子が、袋から麺を出そうとすると、男から「ちょっと待った」と声がかかる。

「袋を破る前に軽くほぐしとかんと、後でわっちゃーとなるで」

そう言えば、確かに福子はここでひと手間かけていたなと思い出し、言われた通りにする。

麺をコテで持ち上げるようにしながら焼いた後、ソースを投入する。水分を飛ばす為に、しっかりとコテを動かして炒める。

ソースの香りが辺りに漂い始めると、通行人が一人、二人と足を止める。

「姉ちゃん、焼きそば一つ」

「私は二つ」

瞬く間に注文が入り、男が「俺《おれ》のゆうた通りやろ?」とばかりに、目配せしてきた。

段々と腕が疲れてくるタイミングだが、注文が入ったのを励みに、最後の力を振り絞る。

新たにソースを回しかけ、コテを大きく動かして麺に絡ませ、炒めたら出来上がりだ。

「俺、ここで食べるわ」と男が言うので、先に持ち帰り用のプラスチック容器を用意し、コテで挟むようにして一人分ずつ焼きそばを入れる。紅ショウガをつけ、上から鰹節をふりかけたら完成だ。

後は蓋《ふた》をして、輪ゴムでパチンと留め、白いビニール袋に包んで「どうぞ」と渡す。一緒に割りばしも添える。

「ん。ありがと」

「おおきに」

客が立ち去ると、男がにんまり笑った。

「バイトに入って何年や？」

「七月が来たら、ちょうど一年です」

男の分の焼きそばを紙皿に盛り付けながら答える。

「へぇ。ちゃんと戦力になってるやん。自分みたいな子に手伝《てつど》うてもろて、おばちゃんも大助かりやろ」

「はぁ……」

大阪では相手の事を「自分」と呼んだりするが、十喜子はあまり好きではなかった。

鰹節と紅ショウガで仕上げた焼きそばを渡すと、男は「悪いけど、中で食べさしてや」と言い、裏口から回って、勝手に店内に入った。

「ちょ、ちょっと、お客さん！　困ります」

「大丈夫や。すぐいぬさかい」

そして、口に咥《くわ》えて割りばしを割ると、丸椅子《まるいす》に座って作りたての焼きそばをかき込み始めた。ほとんど嚙まずに、飲み込むように食べている。

どうしたものかと途方にくれていると、福子が出先から戻ってきた。

「ごめん、ごめん。そこで『辰巳商店』の社長に捕まってしもて……」

斜め向かいに建つ日用雑貨店の名を出す。商店街の理事に名を連ねている老舗で、「フクちゃん」のお得意様でもある。

「長男の龍郎《たつろう》くん、えらい活躍してるらしいわ。毎年営業成績トップで表彰されてて、三十代で副部長に抜擢《ばってき》やって。さすが、跡取り息子。将来が楽しみ……。ん?」

店先から奥を覗き込み、男が座って焼きそばを食べているのを、福子が見つけた。

「すみません。止める間もなく、勝手に入ってきてしもて……」

だが、福子の顔に笑みが広がってゆく。

「いやぁ、進《すすむ》ちゃん。こないだは助かったわ」

「え、知り合いなんですか?」

振り返ると、男は焼きそばをほおばりながら、福子に向かって会釈している。聞くと、十喜子が休んでいる間、代わりに店を手伝っていたと言う。

「進ちゃんはね、以前、うちでバイトしてくれてたんよ」

「あ、それで……」

十喜子が焼きそばを焼く手つきをじっと眺め、時には指示まで出されたのを思い返す。

「ちょっと、進ちゃん。こんなしょっちゅう帰ってきて、大学の方は大丈夫なん?」

「ゴールデンウィーク明けには戻るし……」

進は頭をかきながら、語尾を誤魔化した。

「学校サボって、パチンコばっかりやってんと違うやろね？　こないだテレビでやってたよ。今時の大学生は授業に出んと、遊んでばっかりやって」

「……ごっそうさん。もう行くわ」

形勢不利と見たのか、進は立ち上がり、勝手口から外にでた。

そこへ、コロッケ屋のカズちゃんが昼休憩から戻ってきて、ちょうど鉢合わせした。

「え、進ちゃん？」

カズちゃんは、いきなり進に抱き付いた。

「おいおい……。公衆の面前で何すんねん」

「もうっ！　大学に戻ったんとちゃうんなー？」

大きな目を潤ませて、進を見上げる。

「せっかくやから、カズエが揚げたコロッケ、食べて行って」

「もちろん、カズちゃんとこにも寄るつもりやったで。『マスダ』のコロッケは、絶対に外されへんからなぁ」

「嘘《うそ》！　見慣れん女の子がおるから、そっちへふらふら～ってなったんやろ！　カズエ以外の女の子、見んとって！」

可愛らしく頬を膨らませたかと思うと、振り返って大声を出した。

「辰巳さ〜〜〜ん！　進ちゃんが来てるでぇ！」

間口の広い店から、「辰巳商店」と名前の入ったハッピを来た女性が飛び出してきた。

同時に、隣の店からも。

「いやぁ、進ちゃん！　今から、どっか行くん？」

「特に決めてないけど……」

「ほんなら、『ジェイジェイ』でお茶しよやー」

「おぉ、ええなぁ」

進の周りには瞬く間に人だかりができ、その輪はそのまま進の動きに合わせて移動し、粉浜駅の方向へと去って行った。

それまでの喧騒《けんそう》が嘘のように、店先は静かになった。

「今の人、何者なんですか？」

ただの人には思えず、尋ねていた。福子は「やれやれ」と苦笑いしている。

「岸本《きしもと》進くん。別名・ミスター住吉鳥居前商店街や」

「ミスター？」

「ミスなんとかの男版。『辰巳商店』の社長が付けた綽名《あだな》よ。つまり、住吉鳥居前商店街
イチの男前いう意味」

「はぁ……」

「あの子がバイトしてた頃は、進ちゃん目当ての女の子がよう来てくれてな。それはええんやけど、百円の飲み物だけ注文して、いつまでも店先に居座ったり、三人で焼きそば一つだけ買うて進ちゃんとお喋りしたりやったさかい、良かったたんか悪かったんか……」

そう言いながらも、福子は嬉しそうだ。

「あんまり女の子がたむろしてたら、他のお客さんが寄りにくいんよ。そういう時に、カズちゃんが上手に女の子らを追っ払ってくれたんや」

「へぇ……」

カズちゃんが居なくなったコロッケ屋では、カズちゃんに何処となく似た痩せぎすの老婆が、ぎょろりとした目で通りを行き交う人をじろじろと見ている。彼女が「マスダ」の実質的な店主だ。

「ここちょっと行った先、角にブティック『リリアン』てあるやろ？　あれが、お母ちゃんの店。進ちゃんのファッションは、お母ちゃんのお墨付きやねん」

進の人目を引く恰好に納得がいった。

「リリアン」には、ラメや刺繍《ししゅう》の入ったセーターや豹《ひょう》の顔が描《か》かれたTシャツ、エナメル素材のショートパンツの他、大判の花柄のムームーなど、やたらと派手な服が置かれている。

何をどうコーディネートするのか迷うような個性的な品揃えで、十喜子は一歩引いて見ているだけの店だったが、バンドを組んでいるクラスメートが、ステージ衣装を見繕いに行ったと話していた。

「進ちゃんはな、歌手になるのが夢やねん。ほんで、芸術大学に進学したらしいわ」

「歌手って、大学で勉強してからデビューするんでしたっけ?」

「一言で歌手いうても、色々あるさかいなぁ」

福子は、この問題についてあまり深く追及する気はなさそうだった。

もしかしたら十喜子が知らないだけで、大学や何かのスクールで技術を磨いて、学校のツテなどで歌手になる方法があるのかもしれない。

——色んな人がおるんやね。

父の急死もあり、将来を描けない自分に比べたら、まだしも「歌手になりたい」という夢があり、そんな曖昧《あいまい》な夢を叶《かな》えるのに家族が支援しているのだから、あの進ちゃんという男性は幸せ者だ。

それが、進の第一印象だった。

六

「進路調査書を出していないのは、沢井さん。あなただけですよ」

放課後、担任に呼び出されたものの、十喜子は俯《うつむ》くしかなかった。

「まだ迷っていて……」

「そうですね。お父さんの事もありましたし、大変でしたね。ただ、せめて外部受験するか、内部進学するかぐらいは把握しておきたいんです。ご家族とよく相談して決めて下さい。今週中には回答してもらえますか?」

「……はい」

校門を出て、国道26号線を渡り、まるで住吉大社の参道を思わせる住吉公園の広い石畳を通って、駅へと向かう。今日はバイトの日ではなかったが、真っ直ぐ家に帰る気になれなかった。

駅構内の「ショップ南海《なんかい》」に入っている書店に寄り、新しく出た雑誌を立ち読みしようと思ったが、先客がいた。

仕方なく住吉大社へ向かって歩き始めた。

――お父ちゃん、結局は来《こ》られへんかった……。

母におざなりの返事をしたのが悔やまれる。あの時は、まさかこんな早くに父が逝ってしまうとは思いもしなかったのだ。

道の左側に建つパチンコ店から、賑《にぎ》やかな軍艦マーチと共に、マイクで増幅されたアナウンスが漏れ出してきた。

『いらっしゃいませ、いらっしゃいませ、いらっしゃいませ』

『ありがとうございます、いらっしゃいませ』

『ジャンジャンバリバリ、ジャンジャンバリバリ、お出し下さい、お取り下さい』

その喧騒の中から、鼻歌交じりで出てきた男に目が止まる。

進だった。

かなり上機嫌なのか、今にもスキップしそうな軽快な足取りだ。今日はスーツではなく、日常着らしい花柄のシャツに擦り切れたGパンといった恰好だ。

「こんにちは」

目が合ったので会釈したが、進はポカンとした顔で十喜子を見ている。暫く、見つめ合った後、ようやく十喜子だと気付いたようだ。

「自分、もしかして、フクちゃんの?」

忘れられていた事に、少し傷つく。

「へえぇ、住吉の浜学園やってんなぁ」

灰色の制服を眩《まぶ》しそうに眺める。

明るい場所で改めて見ると、大きな目がきらきらしていて、確かに二枚目ではある。が、やはり、そのファッションセンスが理解しがたかった。何処で売っているのか、Gパンはパンタロンのように裾《すそ》が広がっていて、脚の短さを誤魔化すつもりか、踵《かかと》が十センチ以上もある上げ底の靴を履いている。商店街の女性達がきゃーきゃーいうのが理解できなかった。

「てっきり、俺と同い年ぐらいやと思ってたで。まさか、高校生やったとはなぁ……」

「年の割りに老けてる」と言いたいようだ。

何故か十喜子は小学生の頃から妙に落ち着いて見られていて、綽名は「おばちゃん」だった。当時の友人からは「十喜子おばちゃん」と呼ばれていたから、今に始まった事ではない。

どう反応したものか困っていたら、進は「ちょっと付き合え」と方向転換した。そして、商店街に入ってすぐ、かかりにある純喫茶「ひまわり」のドアを開けた。

「あ、学校では喫茶店に入ったらあかん事に……」

「大人と一緒やったらええんやろ？　俺、こないだハタチになったから大人や。見つかったら、親戚《しんせき》のお兄さんやと説明したる」

構わず、先に店に入るから、仕方なく後に続く。

「いらっしゃあい」

「いらっしゃいませー」

マスターとママが一斉に声を上げる。

「まいどー。進ちゃん。あれ？　どっかで見たことある娘《こ》を連れてる思たら、フクちゃんでバイトしてる女子高生やないか?」

　チョビ髭《ひげ》に丸眼鏡のマスターが、意味あり気に笑う。

「帰ってくる早々、目ぇ付けたんかいな。美千代《みちよ》に見つかるとうるさいで」

「みっちゃん、相変わらずか?」

「変わらん。男の尻《しり》を追っかけて、家に帰ってけえへん」と、ママが答える。

　外国の女優さんのように大きく髪を膨らませたママは、水玉模様の赤いブラウスを着ていて、化粧も同じぐらい派手だった。

「男っ気がなかったらなかったで、また心配やないか」

「まあな。何しよ」

「コーヒー」

「お嬢ちゃんは?」

　給料日前で、財布にはあまりお金が入っていない。迷っていると「奢《おご》ったるさかい、遠慮すな。好きなもん頼め」と言われた。とは言え、あまり選択肢はなさそうだ。

「じゃあ、同じものを」

「はいよ」

　マスターは背後に留めてあったコーヒー券を二枚、千切りとった。

　奥のテーブル席に向かうと、競馬新聞を手にした男が「よう」と手を挙げた。白い上着には、「魚の伊勢川《いせがわ》」と刺繍されている。商店街の中の鮮魚店だ。

「何や、伊勢やん。また仕事、サボってるんか?」

「休憩じゃ。休憩」

店先で見る彼は、店主である父親としょっちゅう大声で喧嘩していた。進とそう年が変わらないはずが、リーゼントにしているせいか、ずっと老けて見える。

「進。暫く、こっちにおるんけ?」

進は「おう」とだけ返すと、席に着くなり金色のライターでセブンスターに火をつけた。

「ひまわり」の店内は、壁紙やソファから煙草の匂いがし、メニューのビニールも黄ばんでいる。

流れている有線に合わせて、進が鼻歌を歌う。

そこで思い出した。

「あの、す……、岸本さんは歌手になる為に、学校に行ってらっしゃるんですよね?」

危うく「進ちゃん」と言いかけ、何とか留《とど》まる。

「歌手?」

煙が十喜子にかからないよう、横を向いて吐き出す。

「店長が教えてくれました」

「おばちゃんが喋ったんかいなぁ。んー、歌手というか、ミュージシャンて言うて欲しいなぁ。で、何？　もしかして、自分も歌手になりたいんか？」

思いっきり首を振った。

「私、そろそろ学校に進路希望を出さんとあかん時期なんですけど、自分が何をやりたいか分からんのです」

「あ、来年、卒業するんや」

「いえ、高校二年生です」

「ほんなら、まだ時間があるやないか。ゆっくり考えたらええやん」

「それが、そういう訳にも行かず……」

三年に上がる時に、進路によってクラス分けされるから、今のうちから考えておかないといけないのだと説明する。

「俺の時は、そんなんなかったけどなぁ」

マスターが口を挟んだ。

「進ちゃんは府立高校やろ？　私立とはやり方が違うわな」

「高校の二年て、一番遊べる学年やのに、そんな時期に進路を決めんとあかんのけ？　嘘やろ？」

そう言って、視線を十喜子に戻す。

「だから、岸本さんが、どうやって進路を決めたんか、どうやって歌手になる為の学校を探したのか、聞いてみたくて……」

「俺？」

自分の顔を指す。

「音楽で食えるようになりたいのは確かやけど、それと進路は別や」

「別？」

「大学に行ったんは、問題を先延ばしにする為や。高校出て、すぐに働き始めたら、音楽で生きて行く為の情報を集めたり、準備もでけへんやろ？」

進が通っている芸術大学には、一応は音楽科もあるが、そこで学べるのはオペラやクラシックなのだと言う。進がやりたい音楽ではない。

「やりたい音楽……とは？」

「今はブルースやね。ジミー・リードとかええねぇ」

「ブルースって、淡谷《あわや》のり子みたいな？」

話にならんとばかりに、進が肩をすくめる。

「もしかして、憂歌団《ゆうかだん》も知らんのか？　まぁ、そのうち聞かせたる。俺の渾身《こんしん》のブルース。で、話を戻すと、舞台芸術学科いうとこにおるねん。演劇の勉強が中心やけど、ステージに立つのは同じやろ？　発声練習もあるし、人前に立つ度胸もできる」

「そうだったんですか……」

「そら、才能のある奴《やつ》やったら、中学生ぐらいでスカウトされて、そのまま芸能界にデビューできるやろけど……。厳密にゆうたら、それも俺のやりたい事とちゃう。ライブをやりたいねん。ライブを。ほんで、近道を探した結果が、舞台芸術やったんや」

やはり、よく分からない。

「あの、そこの大学を出たら、演劇や音楽の仕事ができるんですか？」

進は急に真面目腐った顔をした。

「演劇や音楽は、仕事というより生き方やろ」

「生き方？」

それはどういう意味なのか？

「演劇も音楽も、それだけで生活して行けるモンは一握りや。金になるかどうか分からへんのに、日々練習せんとあかん。それは仕事とは言わん」

「でも、生きて行く為にはお金が必要ですよね？」

「そら、バイトぐらいはするで。それでも、九時から五時まできっちり会社におらんとあかんような仕事は難しいな。公演やライブがあるから言うて休んだり、早退ばっかりしてられへんやろ？」

「じゃあ、どうするんですか？」

「日雇いの仕事とか水商売とか、時間の融通がきいて、時給の高いバイトを探すんや。自分でバーを経営してるのんもおる。演劇の場合は、公演がある時は自分でチケットを買うて売らんとあかんさかい、持ち出しも多い。はっきり言うけど、親に援助してもろてる奴も多い。そんなんもひっくるめての生き方なんや。生き方」

あまりに現実離れした話に、十喜子はついてゆけなかった。

「……うちはそんなに裕福やないし、同じ進むんやったら、将来の仕事に繋がるような進路を選びたいです」

「せやけど、ろくすっぽ社会経験もないのに、今から将来を考えて進路を選ぶって……。ちょっと無理とちゃうか？」

「そうでしょうか」

「あんまり堅苦しい考えんと、面白そうやからという理由で進路を選んでもええんちゃうん？　物凄《ものすご》い勉強して、期待して入った学校が自分に合《お》うてへん事もあるし、その逆もあるし……。若いうちは遊んで、人間としての幅を広げた方がええで。自分、ちょっと真面目過ぎるわ」

その気楽な物言いに、かっと頭に血が上った。

「それって、環境に恵まれてるから出来る事ですよね？　うちは、うちの家は……。私を遊ばせてる余裕なんてないんです。父が……、ついこないだ父が亡くなって……。それやのに母は外で働いた事がない人で、妹はまだ中学生なんですよ！」

思いのほか大声が出て、自分でも驚く。

他の客が一斉にこちらを振り返り、マスターも手を止めてこちらを見ている。

ずっと隣で聞き耳を立てていたのだろう。伊勢川が、うんうんと頷いている。

進は眉間《みけん》に皺《しわ》を寄せながら、新しい煙草をくわえた。パチンと音を立ててライターを操り、火をつけようとしてやめた。

「俺とこは幼稚園の頃に親が離婚して、親父《おやじ》の顔もちゃんと覚えてない。おらんのが普通やったから、父親がおれへん事が、そんな困るんかって何かピンと来《け》えへんというか……」

今度は十喜子が恐縮する番だった。

「私、私……。自分の事でいっぱいいっぱいで……。すみません」

「何で？　謝らんでええで。俺の話を聞くと、皆は気の毒がってくれるけど、俺は自分を不幸やと思た事ない。かえって、煩《うるさ》い親父がおらんさかい、気楽に生きとる。まぁ、たまうちはオカンが店をやってて、親父と別れても生活の心配はせんで済んだ。いや、俺が知らんだけで、ものごっつう苦労したんかもしれんけど……」

もう一度詫《わ》びようとした時、急に目頭がふわっと熱くなった。

つーっと涙が頬を伝った。

十喜子は慌てた。

何故、このタイミングで涙が出るんだろうか？

進は慌てふためいた。

「わっちゃー、泣かしてもうた。どうしよ……。伊勢やん、何とかして」

聞こえない振りをしているのか、伊勢川の返事はない。

そのうち、「進ちゃん、また女の子を泣かしてるんか」と誰かの声がした。

「人聞きの悪い事を言うな。……ほれ。これで顔を拭《ふ》け」

差し出されたのは、くしゃくしゃのハンカチで、顔を埋《うず》めると煙草の匂いがした。

「すみません。もう大丈夫です」

何とか落ち着きを取り戻し、頬に張り付いた髪を整える。

「普通にしてるように見えても、人には色々とあるわなぁ」

進は隣のテーブルに手を伸ばすと、運ばれてきたばかりのミックスジュースをひょいと取り上げ、十喜子に向かって差し出した。

「こら、進！　何すんねん！」

伊勢川が進の腕を摑む。

「伊勢やんにはこれ」

ちょうどママが運んできたコーヒーを代わりに差し出したから、伊勢川がぶつぶつ文句を言い出した。

「さっきから聞いとったら、調子のええ事ばーっかりぬかしやがって。ええのぉ、大学生は。お前みたいなんを『ごくつぶし』て言うんや」

「俺、大学に入るのに、一応は勉強したんやぞ。そっちこそ勉強もせんと、好きなバイクに現《うつつ》を抜かせて、ええ身分やんけ」

伊勢川は鋭い目つきで進を、続いて十喜子を見た。

「まぁ、女の子の前やから、今日はこのぐらいにしといたるわ。後で覚えとれよ……」

ぶつぶつ言っていた伊勢川の視線が、ふいに動いた。窓越しに通りを見ている。

「あれ、みっちゃんや」

その声に、進の顔から笑みが消えた。

「やばいっ！」

言うが早いか立ち上がり、「知らん顔しとって」と、カウンターによじ登り、その向こうへ消えた。

進がカウンターの中に身を潜めると同時に、けたたましいカウベルの音と共にドアが開けられた。

「ただいまー。あー、しんどっ」

ドアを肩で押すようにして、女性が入ってくる。

――うわ、ものごっつい派手な人……。

サテン地のワインカラーのシャツを着て、べったりと瞼《まぶた》に青いアイシャドウを塗った女性は、そのままよろめくようにカウンターにもたれかかった。

「お父ちゃん、お腹空《なかす》いた。何か作って」

豹柄のタイトスカートのスリットから見える白い足先には、華奢《きゃしゃ》なサンダルを履いている。

「美千代っ！」

頭のてっぺんから出たような、甲高い声が店内に轟《とどろ》く。

ママだった。

「連絡も寄越さんと、三日ぶりに戻ってきたと思ったら、いけしゃあしゃあと」

「疲れてんねん。説教は後にして」

きつくパーマをあてた髪をかきむしる美千代が、物憂げに首を動かし、こちらを見た。

思わず目が合ってしまい、慌てて逸《そ》らす。

美千代はつかつかとテーブルに近づいてくると、十喜子の前に立ちはだかった。

「その制服、住吉の浜学園のやねぇ」

「……」

その視線は十喜子ではなく、煙草の吸い殻で溢《あふ》れた灰皿と、金色のライターに注がれている。

「あんた、煙草吸うんか？」

慌てて首を振る。

「せやなぁ。そういうタイプには見えへん。それに、確か……。あそこは大人と一緒やないと喫茶店に入ったらあかんいう決まりがあったはず」

美千代の視線が動き、テーブルの下、トイレのドアへと移った。

「なぁ、正直に言うて。今、さっきまでここに座ってた人、どこに行ったん？」

助けを求めようと隣を見たら、先程までそこにいた伊勢川はそそくさと会計を済ませ、店を出て行くところだった。

「わ、分かりません」

なるべくカウンターを見ないように、平静を装う。

「分からへん？　どういう事？」

「知らん間に、おらんようになってたんです」

「そんなアホな話、あるかいな」

その時、カウンターの方でガタンと音がした。

美千代がさっと振り向く。

「そこやな？」

床を蹴《け》とばす勢いで向きを変えると、美千代はカウンターに向かって、カンカンとヒールの音を立てながら近づいて行った。

身を乗り出してカウンターの中を覗きながら、低い声を出した。

「お父ちゃん。進が来てるんやろ？　隠さんと、何処におるんか教えて」

マスターは右手の方を指さした。そちらは、店の裏口に当たる。

美千代はサンダルを脱ぐと、音をさせないように移動し、カウンター脇から厨房《ちゅうぼう》へと続く通路に入る。と同時に、ガチャガチャーンと、何かがひっくり返るような音が店内に響いた。

暫く何かを言い合う声がした後、美千代に耳を引っ張られた進が、十喜子の目の前に姿を現した。

「そこへ座り！」

十喜子の目の前に、進が座らされる。

「み、み、みっちゃん！　久し振りやなぁ。男とはうまい事、行っててんか？」

「大きなお世話やわ！　それより、私が貸したお金、返して！」

「待て。待て。話せば分かる……」

「何が話せば分かるやのん？　女子高生引っかけてお茶飲む金があるんやったら、貸した金返して！」

十喜子を指さす。

「貸した金て、たったの千円やろ？　今の今まで忘れとったわ。ほれ……」

開き直ったように財布からくしゃくしゃの千円札を取り出すと、テーブルに投げ出した。

その態度が、美千代の怒りに油を注いだようだ。

「何が、たったの千円やっ！　千円を馬鹿にするもんは千円で泣くんや！」

美千代は手にしたバッグで、進を殴り始めた。

「わー、それが客に対する態度か？　マスター、何とかしてくれー！」

手で頭を庇《かば》いながら、進が叫ぶ。

マスターは涼しい顔でグラスを拭いている。

「これ、美千代。怪我《けが》させせん程度にしとき」

しまいに二人は、狭い店内で追いかけっこを始めた。

呆気《あっけ》にとられながら見ている十喜子の耳元で、ふいに父の声が聞こえた。

(十喜子。男は顔で選んだらあかんど)

——え、お父ちゃん？

だが、店内には今、マスターとママ、美千代に飛び蹴りをくらわされている進がいるだけだ。

「自分、そんなんやから男に振られんねん！」

「どの口が言う？　どの口が？」

今度は頰《ほ》っぺたを捻《ひね》り上げられている。

「あいたたたっ！」

「女から借りた金、返し渋るようなあんたに言われたないわ！」

呆《あき》れて物が言えない。

——私はこんなええ加減な人、好みとちゃうから。

だが、進から借りたハンカチを、無意識でスカートのポケットに入れた事に、十喜子は気付いていなかった。

クリームコロッケに癒されて

一

「事務さーん」

ナース・ステーションの奥から呼ばれて行くと、粉砂糖をまぶした一口サイズのドーナツが紙皿に山盛りになっていた。

「高林《たかばやし》ナースが持って来てくれたんやけど、良かったら食べへん？」

十喜子は「わぁ」と声を上げていた。

今、流行《はや》りのアメリカンタイプの固いドーナツではなく、食べ終わると手が油でベタベタになる、ソフトタイプの素朴なドーナツだ。

子供の頃《ころ》、「不二家《ふじや》」で買ってもらったふわふわのドーナツは、十喜子にとって一番の御馳走《ごちそう》で、今でも大好物だった。

差し入れをしてくれた高林ナースは、今日は夕方からの勤務で、奥で煙草《タバコ》を吸っている。

「いただきます。ありがとうございます」と声をかけると、返事の代わりに煙草を挟んだ指を掲げられた。「ウチのお手製。美味《おい》しいさかい、食べ過ぎたら豚になるでー」という言葉と共に。

まだ勤務中だったから急いで口に入れ、すぐにデスクへと戻る。油と粉砂糖が混ざり合い、じゅわーっと口の中に甘さが広がる。

終業間際の疲れた身体《からだ》が、一気に活力を取り戻す。

こっそり水筒からお茶の残りを飲み、口中に溢《あふ》れた甘い味を流していると、目の前で電話機の赤いランプが灯《とも》り、一拍置いてコール音が鳴る。

外来からの内線電話だ。

「はい。外科病棟です」

配属されて二ケ月。自然と一オクターブ高い声が出るようになった。その声に、外来のベテラン事務員のきびきびとした声が被《かぶ》さる。

『入院。今から』

急患だ。

緊張しながらメモの用意をし、患者の名前、年齢、食事内容などを書きとって行く。

「……中村《なかむら》ルミ子さん。女性、五十一歳。普通食……」

午後四時四十五分。

今、ナース・ステーションの一角では、日勤と出勤してきたばかりの夜勤のナースが集まり、申し送りが始まろうとしていた。

電話を切ると、後ろに婦長さんが立っていた。ふくよかな体型で、長い髪をきっちりとお団子にまとめている。ナースキャップに白衣よりは、着物に割烹着《かっぽうぎ》の方が似合いそうな人だ。

「事務さん。申し訳ないけど、残って下さいね」

優しい笑顔と、有無を言わせぬ口調で頼まれる。

「あ、はい……」

一旦《いったん》は鍵《かぎ》をかけた事務机の引き出しを開き、入院患者を迎え入れる為《ため》の準備を始めた。日によってはナースが「やっとくよ」と引き受けてくれる事もあるが、今日は生憎《あいにく》、夜勤の人数が少ない。早く帰りたいと思う気持ちと戦いながら、作業を進めてゆく。

「駅の階段で足を踏み外して転落、足首を骨折……。部屋はお手洗いの近くがいいわね」

部屋番号と入院患者の名前が貼《は》られたボードを眺めながら、婦長さんが部屋を決めてゆく。

「救急搬送されてきたのだったら、着替えもお持ちじゃないでしょうね。ご家族に連絡しないと……」

婦長さんは受話器をとると、何処《どこ》かに電話している。

五時半を過ぎると、夕飯の匂《にお》いが漂ってきた。

「運が悪いですね。私達」

日勤のナース達は退勤し、土居《どい》ナース一人が残業していた。

律儀に敬語で喋《しゃべ》ってくれる彼女は、看護学校を出たばかりの、十喜子より少し年上の看護婦だ。長い髪を三つ編みにしているから、年齢よりずっと幼く見えた。

「忙しくなるから、今のうちに食べちゃいませんか？」

そう言って、差し入れのドーナツの残りを持ってきた。お腹《なか》が空《す》いていたのもあり、ついつい二つ、三つと摘《つま》んでしまった。

「優しい人だといいなぁ。今度の入院患者さん……」

土居ナースがぽつりと呟《つぶや》く。

まだ仕事に慣れていないからか手際が悪く、先輩ナースはおろか患者にまで叱《しか》られているのを見る。ストレスが溜《た》まるのか、隙《すき》あらば何か食べていて、表情も冴《さ》えないのが気の毒だった。

「ウチが差し入れたドーナツ、休憩所の奥に置いてるから食べてやー」

高林ナースが夜勤の職員に声をかけているのが聞こえ、もぐもぐと口を動かしている土居ナースと顔を見合わせた。

「高林さーん。ドーナツなんか何処にもあらへんでー」

「え？　もうなくなったん？　おかしいなぁ。まだ、幾つか残ってたはずなんやけどなー」

俯《うつむ》いて口の中のドーナツを飲み下していると、ようやく外来から「入院患者を迎えに来るように」と電話が入り、指示を受けたナース達が駆け足でナース・ステーションを飛び出す。

全員が出払ってしまい、ナース・ステーションは急に静かになった。

壁にかけた時計の秒針の音、そして、遠くの病室で咳払《せきばら》いをする患者の声だけが響く。

万代《まんだい》病院は昭和十年代に建てられた病院で、設備は古く、全体的に薄暗い。

深夜、誰《だれ》もいない部屋からナースコールが鳴るとか、亡くなったはずの患者が徘徊《はいかい》するとか、いかにもありそうな病院の怪談話を思い出し、「誰か、早く帰ってこないかな」と落ち着かなくなった。

だから、患者を乗せたストレッチャーを押しながら、ナース達が戻ってきた時には、ほっと胸を撫《な》でおろしていた。

書類一式を受け取り、台紙と共にカルテフォルダーにセットしたら、次にネームプレートとベッドネームにシールを貼り、患者の部屋に向かう。

土居ナースが看護情報をとる傍らで、監視するように先輩ナースが様子を見ていた。

患者の中村ルミ子は髪をソバージュにし、黒地にピンクの大胆なプリントが施されたワンピースに、御揃《おそろ》いのヘアバンドといった恰好《かっこう》で、街で出会ったら振り返ってしまいそうな華やかさだった。それだけに包帯で固定された脚が痛々しい。

ベッドネームをセットしたら、十喜子の仕事は終わる。

帰り支度をしていると、ふいに「あれ？　財布何処にやったんやろ？」と声がした。振り返ると、奥に設《しつら》えられた休憩所で、高林ナースがバッグの中身を探っていた。

「お先に失礼します」

「あ、あぁ、お疲れさん」

長い一日を終え、脚は棒のようだったが、明日は休みをもらっていた。

十喜子は大きく伸びをし、解放感に浸った。

二

「十喜子ー、こっちこっち！」

南海本線住吉大社駅の改札を出たところで、聞き覚えのある声に呼び止められる。それが、高校時代の同級生だと気付くのに、少し時間がかかった。

「え、ブリ子？」

真っ赤なワンピースを着た、華やかな女性は白い歯を見せながら頷《うなず》く。

「変わってへんなぁ。十喜子は」

「いや、ブリ子が変わり過ぎでしょ？」

元陸上部員のブリ子は、あれだけ熱中していた投擲《とうてき》競技を高校卒業と同時に引退した。インターハイに進めなかったのと、「燃え尽きた」のが理由らしいが、それにしても随分と雰囲気が変わった。

年がら年中日焼けしていた顔にはきちんとファンデーションが塗られ、顎《あご》ぐらいの長さの髪にはパーマがかけられている。縦にも横にも大きかった身体も、今では平均的な女性より少々大柄という程度になっている。

「え？　アラレ、眼鏡やめたん？」

少し遅れて来たアラレに、最初はすぐに気付かなかった。

「おはこんばんちはー」

トレードマークの眼鏡をコンタクトレンズにし、もう「アラレちゃん」ではなくなっていたが、口調はそのままだった。

今日はシャツの上にベストを重ね、赤いチェックのミニ丈のプリーツスカートを穿《は》いている。今、ハマっている漫画かアニメの登場人物の服装のようだ。

二人とも結局は内部進学で住吉の浜学園短期大学へと進み、対して十喜子は高校卒業と同時に万代病院に事務員として就職し、外科病棟に配属された。

万代病院は阪堺線帝塚山《てづかやま》三丁目停留場から徒歩三分の万代池公園にほど近い場所にあり、通勤の便こそ良かったが、その忙しさは想像を絶していた。仕事を覚えるのに精一杯なのに、複数の人間がいっぺんに用事を頼んでくる。休日は疲れをとるだけで終わってしまい、お洒落《しゃれ》を楽しむ間もなかったから、綺麗《きれい》になった二人がやけに眩《まぶ》しく映った。

「十喜子ちんは、変わらないでしゅね」

アラレにまでそう言われて、もう笑うしかなかった。

父が癌《がん》で呆気《あっけ》なく逝った当時、十喜子は高校二年になったばかりで、妹の千恵子は高校受験を控えていた。

母は「お父ちゃんの生命保険が入ったから」と進学を勧めてくれたが、特にやりたい事も思いつかなかったし、少しでも早く働きたかった。

「鬱陶《うっとう》しい雨が止《や》んで良かったけど、暑いわぁ」

六月十四日。

今日は住吉大社で御田植《おたうえ》神事が開催される日だ。簡単に言えば、田植えのお祭りであるが、住吉大社では儀式を略する事もなく、華やかで盛大に行われる。

住吉大社の氏子《うじこ》であるブリ子は、小学校に上がる前には住吉踊《すみよしおどり》に入会し、住吉祭やお正月期間など、一年を通して奉仕してきたと言う。

「まぁ、この辺りに生まれた女の子にとっては、当たり前の事やったけどな」

今日の御田植神事でも住吉踊が奉納されるとあって、ブリ子は後輩達の踊りを見学がてら、久しぶりに三人で会おうと誘ってきたのだった。

ブリ子は今日も朝早くから子供達に衣装を着せたり、化粧するのを手伝っていたと言う。

「ほら、来たで」

頭に菖蒲《あやめ》の造花を載せて緋《ひ》の差貫《さしぬき》をつけた八乙女《やおとめ》、桃色の水干をまとった稚児《ちご》、甲冑《かっちゅう》姿の武者達が行列を作って歩いているのに出くわす。

「きれいやわぁ」、「きゃあ、かいらし」と言い合うのを聞きながら、神事が行われる御田《おんだ》へと向かう。

御田の周囲には白いテントが張られ、幾つもの幟《のぼり》がひらひらと風にはためく中、すでに大勢の見学客が詰めかけて大盛況だ。春にはレンゲが咲いていた田んぼに水が引き込まれ、その中央には菊の紋章が入った白い布で飾った舞台が設えてあった。

ブリ子は時折、誰かに声をかけられ、その度に周りに人の輪ができる。

「私らは、別行動した方が良さそうやな」

アラレを誘って、適当な場所に座る。

昨日までの梅雨寒《つゆざむ》とは打って変わって、今日は日差しが戻ってきて、おまけに湿気のせいで異様に蒸し暑い。時折、吹く風さえ生温《なまぬる》い。

十喜子は手にしたハンカチを団扇《うちわ》がわりにして、顔に風を送った。

やがて、菅笠《すげがさ》に赤いたすき姿の替植女《かえうえめ》が姿を現すと、会場に「わぁ」と歓声が上がった。

見ると、赤い飾り幕を掛け、背中に「綿の花」と呼ばれる雷除《よ》けを立てた黒い牛が入場してきていた。牛が代掻《しろか》きを行う間、青々とした早苗《さなえ》が、替植女の手で植えられてゆく。

一方、中央舞台では豊作祈願の舞が奉納され、御田畔《おんだあぜ》では紅白に分かれた雑兵役の子供達が六尺の棒を振り、棒打ち合戦が行われる。その間中、鉦《かね》と太鼓、ほら貝が鳴らされ、御田では田植えが続けられる。

そして、最後が住吉踊だ。

御田畔に勢ぞろいした二百人ばかりの女の子達は、茜染《あかねぞめ》の垂れ幕がついた菅笠を被り、白い上着に、膝丈《ひざたけ》のスカートのような黒地の衣装、白い手甲《てっこう》に脚絆《きゃはん》という独特の衣装に身を包んで御田を囲んだ。

節をつけた歌が、マイクを通して流れると、女の子達は団扇を打ちながら、跳ねるように御田の周りをぐるぐると回る。

エー　住吉さまの　イヤホエ
摂津《せっつ》浪速《なにわ》の　一ノ宮　その名も高き　住吉の
神の御前《みまえ》の　神踊り　天下泰平　国土安全
五穀豊穣　民栄え　治まる御代の　しるしとて
心一ツに　働けば　末は住吉　平楽や
かねてぞ植《うえ》し　住吉の
岸の姫松　目出度《めでた》さよ
エー　住吉さまの　イヤホエ

上は小学校六年生から、下は幼い子供まで。

周囲からは「いやぁ、かいらしい」と声が聞こえ、シャッターを切る音がした。

ブリ子は最前列で団扇を手に、子供達に発破《はっぱ》をかけるように応援していた。

「やっぱり根が体育会系でしゅね。ブリ子ちんは」

そんなに面倒見が良かったのかと、アラレが感心していた。

神事が終わった後、ブリ子と合流した。三人ともお腹を空かせていたが、まだ夕飯には早い時刻だ。

「たこ焼きでも食べよっか。おやつにちょうどええし、美味しい店、知ってるねん」

ブリ子は住吉大社の鳥居を出ると、信号を渡り、北に向かってすたすたと歩き始めた。

阪堺線が走る道から一本入ったそこは、古くからの住宅街で、木造住宅に混じってレトロな洋館風の診療所や、ちょっとしたお屋敷があった。

「ここ。私は『おばちゃんの店』って呼んでるねんけど」

黒い板塀の平屋建ての民家は、その一部を改修して、軒下でたこ焼きを売っていた。店の名前はなく、ただ「たこ焼き」と染め抜かれた暖簾《のれん》がかかっているだけだ。

暖簾の向こう側には、黒々としたたこ焼き鍋《なべ》があり、既に焼き上がったたこ焼きが横たわっている。傍らに置かれたホーローのバットには、一口大に切った蛸《たこ》の他、紅ショウガや天かすが山盛りだ。

「すみませーん。たこ焼き六個下さい」

奥に向かって声を張り上げると、まっ白な髪を短く切った小柄な女性が出てきた。

「はい、はい。六個入りね」

女性は愛想良く言うと、千枚通しでたこ焼きを突きさし、舟形の経木《きょうぎ》に載せて行く。

「あ、青海苔《あおのり》は抜いて下さい」

「焦げたのん、オマケしとくさかいね」

ソースが入った容器から刷毛《はけ》を取り上げると、さっとたこ焼きに塗り、鰹節《かつおぶし》を大量に振りかけてくれる。

店の前に置かれていた丸椅子《まるいす》に十喜子とアラレが座り、ブリ子は立ったまま舟形の器を差し出してくる。たこ焼きに楊枝《ようじ》が三本さしてあり、その一つを手に取る。

「美味しい〜。ふわっふわ」

嚙《か》むと皮と中身が混然一体となる、優しい味だ。

「こっちの焦げたのんが、またオツやねん。……はふっ、美味しい！」

ブリ子に倣《なら》い、十喜子とアラレも手を伸ばす。

そうしている間にも、御田植神事を見学した人々が往来を歩いてゆく。手に「綿の花」を持っているのが目印だ。

「綿の花」は赤と黄色、緑の折り紙で作られた草綿の造花で、黒牛の背中だけでなく、稚児が手に持ったり、植女達の被り物に装飾具として差されていた。魔除けのお守りでもあると、ブリ子が教えてくれた。

「総大将は、やっぱりカッコ良かったなぁ」

聞き覚えのある声がして、何気なくそちらを見た。リーゼントで決めた伊勢川だった。

「いっぺんでええから、俺《おれ》も総大将やってみたい」

鎧兜《よろいかぶと》に甲冑姿の総大将が大高足駄で舞台に進み出て、金銀の軍扇を掲げ、なぎなたで邪を払う姿に、会場からは溜息《ためいき》が漏れていた。

「伊勢やん、自分、さっきからそればっかりやないけ」

派手なシャツが目に入った。裾《すそ》が広がったズボンも、上げ底の靴も。

「来年は進ちゃんが総大将やらしてもろたらええねん。今年の奴《やつ》に負けんぐらい、恰好ええんちゃうか?」

進と同じような、襟足を伸ばしたヘアスタイルにしているのは、八百屋の倅《せがれ》だ。「フクちゃん」でバイトしている頃、何度かキャベツを配達してくれたから、よく覚えている。

聞こえよがしな大声に、ブリ子とアラレも三人に目をやった。

二人の男に挟まれる恰好で、進は歩いていた。水際立った二枚目ぶりは、少しも変わらない。近付いてきた進は、十喜子と目が合うと「おっ」という顔をした。

だが、先に口を開いたのは伊勢川だった。

「女の子ら。これから、茶ぁしばきに行こや」

どうやら、伊勢川は十喜子を覚えていないらしい。

隣に座ったアラレが、助けを求めるように十喜子の腕を摑んでくる。

「悪いけど、間に合《お》うてんねん」

ブリ子が素っ気なく言い返すと、「行こ」と二人を促す。

「おばちゃん、ごちそうさま」

「美味しかった～」

慌ただしく丸椅子から立ち上がる。

「何や、おもんない。ええやん。茶ぁ飲むぐらい」

しつこく食い下がる伊勢川を、八百屋がニヤニヤしながら見ている。

「ちょうど、こっちも三人やし……」

その時、「あぁ～ん、待って。置いて行かんといてぇ」と向こうから誰かが走ってきた。

――え、カズちゃん？

伊勢川が手で顔を覆った。

「わっちゃぁ、見つかってしもたぁ」

走ってきたカズちゃんは、息を弾ませながら進の腕にすがり付いた。

「何で、カズエを置いて行くんなぁ？」

伊勢川と八百屋は不服そうに口を尖《とが》らせた。

「和枝《かずえ》。お前、邪魔！」

「男同士で話があるて言うたやろ？　ついてくんな！」

二人は口々にカズちゃんを責める。

「何でよぉ……。あぁっ！　また、ナンパしてたんやろ？　せやから、カズエが邪魔なんや！」

じろりとこちらを睨《にら》んだカズちゃんは、十喜子に気付いた。

「あ、『フクちゃん』の……」

カズちゃんは、十喜子が「フクちゃん」でバイトしていた時から少しも変わっていなかった。相変わらず茶色っぽい髪をくるくると巻き、頭のてっぺんでくくっている。短いスカートから伸びる脚は、折れそうなぐらい細い。

「久し振り。今、何してるん？」

甘い、ハスキーな声もそのままだ。

「高校を卒業した後、……病院で働いてます」

「そうか……。暫《しばら》く見かけへんと思ったら、卒業してたんや」

早く話を切り上げ、この場を去りたかった。

実は、カズちゃんの事が苦手だった。

「フクちゃん」で働いている時、何度か喋《しゃべ》りかけられた事があったが、気まぐれな性格なのか、機嫌が悪いと挨拶《あいさつ》しても無視するようなところがあった。時には、余り物のコロッケを持たせてくれたりもしたから、要はカズちゃんの気分の問題なのだが、なるべく関《かか》わりを持たないようにしていた。

「行こ」

ブリ子の合図をきっかけに、十喜子も「ほんなら」とカズちゃんに手を振った。

カズちゃんは、もう十喜子を見ていなかった。

「進ちゃんがおった方が女の子を引っかけやすいから、巻き込むんやろ？　ナンパしたいんやったら、二人で行ったらええねん」

進の腕に自分の腕を絡め、二人に文句を言っている。

「誰？　あのアホっぽい女」

ブリ子が聞こえよがしに言うから、「声が大きいよ」と注意する。

「バイトしてた時、向かいのコロッケ屋におった子」

十分に距離をとったところで、会話を再開した。

「分かりやすい女やなぁ。あの男の人、困ってんで」

「困ってる？　やに下がってるやなくて？」

「はあ？　どう見ても困ってるやろ。あれは……」

振り返って見たが、もう四人の姿は路上から消えていた。

三

その翌日。

退院が重なっていて、忙しくなるのが分かっていたから、十喜子は早めに家を出た。

更衣室で事務服に着替え、財布とハンカチ、お弁当を手提げに入れ替えて、病棟へと急ぐ。

万代病院では、道路を挟んだ向かいのマンションの部屋を幾つか借り、更衣室を兼ねて、職員の休憩室に当てていた。職員が出勤するタイミングや昼御飯時には、道路を渡るナースや事務服の女性だらけになり、それがちょっとした見ものになっていた。

午前八時半過ぎ。下膳《さげぜん》の時間で、汚れた食器を載せた配膳車が、病棟内を周っている最中だった。ナース・ステーションには出勤してきたナース達が集まり始め、もうすぐ夜勤から日勤への申し送りが行われる。

「おはようございます」

額を付き合わせてひそひそと話していたナース二人が、十喜子が声をかけるなり口を噤《つぐ》んだ。

——何やろ？　嫌な感じ。

だが、些細《ささい》な事を気にかけている時間はない。その日は忙しさに取り紛れるうち、あっという間に昼休憩の時間になり、気が付いたら午後三時になっていた。

仕事も一段落した頃、窓口のデスクに置かれた電話が鳴った。

『沢井さん。ちょっと来てもらえますか?』

電話してきたのが看護部長だったから驚く。

看護部長は看護部のトップ、各科にナースを束ねる看護婦長がいて、そのまた上に君臨する存在だから、そんな人が何故、自分に用があるのかと、十喜子は不思議に思った。

呼び出されたのは、空床となっている個室だった。さらに驚いた事に、院長と事務部長までいた。入口で立ち竦《すく》んでいると、三人と向かい合わせに置かれたパイプ椅子に座るように言われる。

「これは沢井さんだけでなく、一昨日《おととい》の夕方以降に病棟にいた職員全員に聞いてる事です。その日の夕方以降の行動を話してもらえませんか?」

採用試験の面接で話したきりの看護部長を前に、十喜子は緊張を覚えた。

「一昨日……」

訳が分からず戸惑っていると、事務部長が助け舟を出してくれた。

「彼女は看護部の申し送りを聞いてないんですよ。先に事情を話しといた方がええんとちゃいますか?」

「その必要はないと思いますけど」

「いや、不公平ですよ。看護部が疑われて、面白くないのは分かりますけど」

看護部長は頰を紅潮させると、咳払いをした。

「一昨日の夜に入院された、中村ルミ子さんの財布がなくなりました」

最後に財布を確認したのは病棟に入った直後で、なくなった事に気付いたのは昨日の昼頃だと言う。

つまり、盗まれた可能性があるから、こうやって職員から話を聞いているのだ。

十喜子は一昨日の夕方以降の行動を思い出す。

「その日は残業を頼まれて、夜勤のナースと一緒に病棟に残りました」

看護部長がメモに書き出して行く。

「退勤した時間は？」

「午後六時半ぐらいだったと思います」

院長と事務部長が顔を見合わせる。看護部長が焦《じ》れたように続ける。

「沢井さん。午後四時半まで遡《さかのぼ》って、もう一度説明して下さい」

「その時間は、ナース・ステーションにいました」

差し入れのドーナツを御馳走になったが、それは言わずにおいた。

「日勤から夜勤のナースへの申し送りの間、私は窓口にいて、四十五分頃に外来から入院の連絡が入りました。中村さんが救急搬送されてきたからです。そのすぐ後に、婦長さんから残業を頼まれました」

「中村さんが病棟に上がったのは、午後六時を過ぎてました。日勤が退勤した午後五時から、あなたが退勤する六時半までの間、あなたは何処にいて、何をしていましたか？」

「ナース・ステーションに一人でいて、中村さんをお迎えする準備、カルテを作るなどしていました」

入院患者の夕飯は午後六時からで、夜勤のナース達はその準備などで出払っていた。

「中村さんが病室に入られた後は、ネームプレートやベッドネームを取り付ける為にお部屋に行き、その後で退勤しました」

「お部屋での滞在時間は？」

「すぐに失礼しました」

「では、午後五時以降、あなたが居た時間に、ナース・ステーションに人の出入りはありましたか？」

「土居ナースと高林ナースが……」

その時、高林ナースの声が頭に蘇《よみがえ》った。

（あれ？　財布何処にやったんやろ？）

何か引っかかりを感じて考え込んでいると、事務部長が口を開いた。

「沢井くんは病室に長時間滞在してへんかったんですから、疑われる理由はないですよ」

その言葉に血の気が引いた。

——私が疑われてるん？　何で？

「でも、中村さんだけでなく、夜勤の職員達の財布もなくなっているんです」

事務部長は続けた。

「うっかり何処かに置き忘れたんやないですか？　あの晩、勤務してた職員には、もういっぺん確認した方がよろしいよ」

だが、看護部長が強気な調子で切り返す。

「そんな大勢の人間が、同じ日に揃いも揃って財布を何処かに置き忘れたって言うんですか？　有り得ません」

二人が口論を始めたので、院長が仲裁する。

「お二人とも落ち着いて……。この問題を突き詰めると、職員だけでなく、入院している患者まで疑う必要が出てきますよ」

職員更衣室にロッカーはあるが、大抵の者は貴重品をナース・ステーションに持ち込み、奥にある休憩所に置いている。

また、ナース・ステーションには出入り口が複数あり、人数が少ない時間帯であれば、患者が出入りしても気が付かない。長期間に亘《わた》って入院している患者であれば、知っている事だ。

もっとも、長期入院している患者は高齢者だったり、重傷患者が多く、車椅子や松葉杖《まつばづえ》を使用している。一人で歩くのですらおぼつかないのだから、隙を見て機敏に財布を盗み出すのは難しい。

「病院としては、こんな事で悪い評判を立てられたくはありません。中村さんには金銭を弁償しますので、病棟の方から謝罪して頂くようお願いします」

「要するに、警察沙汰《ざた》にしないと仰《おつしや》るのですか？」

院長の言葉に、看護部長の目が鋭く光る。

「職員達は、納得できないと思います」

険悪な雰囲気になる。

「とりあえず、沢井くんは仕事に戻ってもらいますよ」

事務部長に促され、十喜子は立ち上がった。

そのまま病棟に戻ったが、とても正気ではいられない。

——私は何もしてへんのやから、堂々としてたらええ。

そうは思うのだが、自分が疑われている事にショックを受けていた。

十喜子は中村ルミ子の病室には短時間しか滞在していなかったものの、ベッドネームを付ける際、枕元にはハンドバッグが置かれていて、開かれたバッグの中に、赤いエナメルの財布が入っているのを目にしていた。目立つ色だったから、よく覚えている。

その時、中村ルミ子とナース達は、少し離れた場所で話をしていて、こちらには目を向けていなかった。

十喜子がハンドバッグに触れなかったのを、誰も見ていないのだ。

警察にきちんと調べてもらえたなら、十喜子の潔白も証明できるだろう。だが、病院側は評判が落ちるのを恐れて、内々に処理するつもりだ。だから、真犯人はうやむやのまま、誰が盗んだかという疑いと好奇心だけが残され、無責任な噂《うわさ》が独り歩きする。

ナース・ステーションにいても落ち着かなく、用事にかこつけて廊下に出る。気付いたら、中村ルミ子の病室に差し掛かっていた。

中に入る勇気もなく入口で佇《たたず》む。

相手は怪我をした入院患者で、手術を控えた身だ。そんな彼女に、説明を求める事など許されるはずもない。

「……ほんなら、また来るわ」

病室から見舞客の声がした。慌てて後じさろうとして、十喜子は固まった。

岸本進だった。隣にはカズちゃんまでいる。

——何で、この人らがここにおるん？

カズちゃんは、素肌の上にオーバーオールを着て、薄いカーディガンを羽織るように肩にひっかけるという刺激的な恰好で、目のやり場に困った。

「あれぇ？　こないだ、たこ焼き屋で会《お》うたよなぁ。自分、ここで働いてるん？」

事務服姿の十喜子を、頭のてっぺんから爪先《つまさき》まで見回す進。

「ちょうど良かったわ。おかーん」

進に手招きされ、病室に入る。

「え、お母さん？」

ルミ子は脚を固定されたまま、ベッドに寝ていた。

進とルミ子の共通点は、服装のセンスが独特だというだけで、顔も体格もあまり似ていない。確か住吉鳥居前商店街で「リリアン」というブティックを経営していると聞いていたが、その経営者が中村ルミ子だとは結びつかなかった。子供の頃に両親が離婚したと言っていたから、中村というのは母親の旧姓で、進だけが父親の姓を名乗っているのだろう。

「この子、『フクちゃん』で働いてた子や」

骨を折ったせいか、それとも盗難に遭《あ》ったからか、ルミ子の顔色はすぐれなかった。

「あぁ、『フクちゃん』。進もあそこの店長には、たいがい世話になってたなぁ」

福子の事だ。

「ちゃう。俺が世話したってたんや。女友達が買いに来てくれたから、売り上げにも貢献してたはずやで」

カズちゃんが、進の肩を軽く小突いた。

「何を言うてんのん、進ちゃん。あの娘《こ》ら、ろくすっぽ買物せんと、店の前でたむろって福子さんに迷惑かけてただけやないの」

「おう。カズちゃんが怖い顔で睨むから、そのうちあんまり来てくれへんようになったんや」

親し気な口調でぽんぽんと会話する二人を、にこにこしながら見ていたルミ子が、急に何かを思い出したように十喜子を呼んだ。

「ちょっとそこの棚、開けてくれる」

言われるがまま、床頭台の最下段の戸を開く。その時、煙草の臭《にお》いが鼻先をかすめた。

「そう、そこのかかりに入ってる紙袋。良かったら、それ、持って帰ってご家族で食べてくれへん？」

和菓子屋の包みだった。

「いいんですか？　これ喜久寿《きくじゅ》の……」

住吉大社駅近くにある、老舗《しにせ》の和菓子屋のどら焼きだった。

「今日、お見舞い来た人に貰《もろ》たんやけど、実は私、糖尿やねん。主治医から食事管理せえって言われたんやわぁ。まぁ、これも何かの御縁やし、暫くお世話になります」

「いえ、そんな」と恐縮する。

——とてもやないけど、この人に聞かれへん……。「ほんまに財布、無くなったんですか？」やなんて……。

菓子の袋を胸に抱き、早々に「失礼します」と退室する。

進も一緒についてきて、その後からカズちゃんが「待ってー」と追いかけてきた。

「悪いけど、カズちゃんは席外して」

「えー」と言うと、カズちゃんは恨めしそうな顔をした。

「ほんなら、ルミ子ちゃんの部屋で待ってる」

談話室に入ると、進が煙草をくわえた。

「病室は禁煙ですよ」

「は？」

「ベッドの傍《そば》で、煙草を吸ったでしょう？　駄目ですよ」

だが、進は上の空で、左右に目をやる。そして、誰も聞いていないのを確認して、小声で囁《ささや》いた。

「うちのおかんの財布の件で話がある」

どくんと心臓が波打った。

「自分、疑われてるんやって？」

「何処まで聞いてはるんですか？」

恐る恐る尋ねる。

「何もかも知っとるわ」

「……」

「勘違いせんといてや。自分を咎《とが》めてるんとちゃう。そんな事をするような人やとは思てへん。俺もおかんも」

肩から力が抜けた。

ルミ子から「財布が無くなった」と聞いて、進はすぐに担当ナースに声をかけ、事情を聞いたらしい。

「あの若い看護婦さんも疑われてるんやってな。ええっと、三つ編みにした看護婦さんや」

「土居ナースですか？」

そんな話は、院長達からも聞いていないし、土居ナースとは勤務時間が合わず、あれから顔を合わせていない。

「おかんが入院した時におったんは、看護婦さんと看護補助のおばちゃんまでいれたら七人。その中の五人の財布が盗まれてたらしい」

「そ、それは、つまり。私と土居さん以外の職員が被害に遭ったという事ですか？」

改めて、事の重大さを知り、背筋が寒くなる。

「せや。物騒な病院やのお。ほんでな、おかんの財布が入ったハンドバッグは、床頭台の足元の棚に入れといたらしい。気付いたんは昨日。売店で週刊誌でも買おかと思ってハンドバッグを出してもろたら、財布がなかったらしいわ」

「半日以上、時間が経《た》っていたんですね」

ルミ子は脚を固定されて動けない。私物の出し入れは職員が行うのだから、そこまで幅があるなら、幾らでも疑う人間は増える。

ただ、ルミ子の病室は四人部屋だ。日中は人の目がある。

「同じ日の夜に、職員らが一斉に財布を盗まれてるのを考えたら、やっぱり入院した夜にやられたって考えた方が、辻褄《つじつま》が合うわなぁ」

「お願いがあります」

十喜子は声をひそめた。

「この事、警察に届けてもらえませんか？」

目の前で、進の喉仏《のどぼとけ》がごくりと動いた。

「病院は悪い噂が立つのを恐れて、内々にもみ消そうとしてます。このままやったら、私も土居ナースも疑いをかけられたままになります」

だが、すがるような目をした十喜子に、進は冷たく言い放った。

「そんな事、できる訳ないやないか。おかんを人質に取られてるんやど？」

十喜子の胸は、絶望感で一杯になった。

四

「これ、千恵子！　起きなさいんかー！」

ベッドで微睡《まどろ》んでいると、母が階下から声を張り上げるのが聞こえた。続いて、「十喜子も！　遅刻すんでー」。

ダイニングに降りると、テレビからは「おはよう朝日です」が流れていた。

「今年は空梅雨か……」と天気予報を見ながら母が呟く。

遅れて妹の千恵子が階段を降りてくる音がして、のっそりとダイニングに姿を現した。前髪にはカーラーが巻かれ、手には大きなメイクボックスを提げている。

「今から洗面所、使うでー」

そう宣言したものの、いつまでもだらだらとテレビを見ている。

千恵子は髪のセットと化粧に、たっぷり一時間はかかるから、それを見越して十喜子は先に身支度を始めた。とは言え、病院では女子職員は髪をまとめるのが決まりだったし、後は顔を洗ってリップクリームを塗るだけだから、五分とかからない。

洗面所から戻ると、母が二人分の弁当を詰めていた。

玉子焼きに赤いウインナー、胡瓜《きゅうり》を詰めた竹輪、蒟蒻《こんにゃく》を煮たもので、御飯の真ん中に梅干しが載せられる。

千恵子の弁当箱は、十喜子の半分ぐらいの大きさしかない。ただでさえ痩《や》せているのに、「太ると男の子に相手にされなくなるから」と、夕飯もほんの摘《つま》む程度しか食べない。

レンジが、チンと鳴った。

千恵子がテレビの画面から目を離す。

「うわぁ、朝から『551《ゴーゴーイチ》』って、きっついなぁ」

レンジを作動させている途中から、玉ねぎの匂いが室内に漂い始めていた。

「お隣さんに貰たんよ」と母が言い訳がましく言う。

「で、デザートがどら焼き？　他所《よそ》より四倍は濃い朝御飯やなぁ」

「そっちは十喜子が貰てきたんよ」

普通なら一緒に食べない組み合わせだが、頂きものが重なってしまったのだから、仕方がない。

「ついつい食べてしまうけど、これ太るねんなぁ」

「半分こしよか？」

温まった豚まんを手に取り、半分に割る。

豚まんと呼んでいるが、実は他所で言う肉まんだ。中でも「551」の豚まんは皮が分厚く、肉汁たっぷりの餡《あん》に辿《たど》りつくまでは、蒸しパンを食べているようなものだ。もちもちっとした白い皮が上顎に貼り付いて喉に詰まりそうになるから、お茶も一緒に飲む。

「うわぁ、口の中が豚まんの匂いや！」

半分こした豚まんを食べ終えた千恵子が、大袈裟《おおげさ》な事を言う。

「どら焼き食べたら、気にならんようになるで」

「嘘《うそ》ぉ！」

大騒ぎする千恵子を後目《しりめ》に、「行ってきます」と家を出た。

あの調子だと、千恵子は今日も遅刻ぎりぎりの登校になるだろう。

家を出ると同時に、憂鬱《ゆううつ》になる。

混み合った阪堺線に揺られながら、これから始まる一日に思いを馳《は》せる。回れ右をして自宅に戻りたかったが、否応《いやおう》なく電車は最寄《もよ》りの停留場に到着し、あっという間に十喜子を職場へと送り込む。

着替えを済ませ、外来の事務室脇《わき》の部屋でタイムカードを押していると、ちょうど出勤してきた事務部長に呼び止められた。傍らには、事務部長より年配のベテラン女性事務員を伴っている。

手招きされ、事務室へと移動する。

受付のシャッターは閉まったままで、シャッター越しに患者達の話し声が聞こえてきた。

「そこに座るように」と言われ、何を言われるのだろうかと身構える。

だが、事務部長は頭《こうべ》を垂れた。

「昨日はすまんかったなぁ。看護部長から、どうしてもって言われて、断り切れんかったんや。まぁ、看護部長にしたら自分の部下を守らんとあかんさかい、気持ちは分からんでもないいんやけど……」

気にしてくれていたのだと知り、朝から重苦しかった気持ちが少し軽くなった。

「聞いたわよ。濡《ぬ》れ衣《ぎぬ》も甚《はなは》だしい。部長、看護部の言い分なんか、撥《は》ね付けたったら良かったんよ。なぁ、沢井さん」

女性事務員が、両手で十喜子の手をぎゅっと摑んだ。

「沢井さん。こんな事でメゲたら、あかんよ。犯人が職員か患者さんの誰かかは分からへん。せやけど、今、沢井さんが辞めたら、疑われたままで、潔白を証明でけへん」

真犯人は十喜子に全《すべ》ておっかぶせて、自分は知らん顔をするだろうと言う。

「病棟事務さんは、デスクがナース・ステーションの中にあるから、どうしても孤立するわねぇ。沢井さんはしっかりしてるし、仕事もようやってくれてる。私らとしても手放したない人やわ。気持ちをしっかり持ってね」

力強い激励に、胸が熱くなる。

「はい。頑張ります」

職場にも分かってくれている人がいるのを知って、胸の痞《つか》えが下りた。

「それから。これ」

ガムを手渡される。

「朝からええ匂いさしてるさかい、私までお腹が空いてきたわ」

顔が熱くなる。どうやら、豚まんの匂いをさせていたらしい。

事務部長を見ると、咳払いしながら顔を逸《そ》らされた。

――私、そんなに臭かった？

忙しかったのもあり、午前中は財布盗難事件については考える間もなく過ぎて行った。

正午になり、昼食を取る為に道路を渡って更衣室へと移動する。休憩室が離れているのは不便だが、靴を脱いでくつろいだり、畳に座って食事できるのは有難い。

部屋の造りはファミリータイプの３ＬＤＫで、リビングにはテレビやソファが置かれ、和室では寝ころぶ事もできる。

座卓が置かれた和室では、高林ナースと、彼女と仲の良い職員が煙草を吸っているところだった。

「ちょうど良かった。一緒にデラバン食べよや」

紙に包まれた平べったい食べ物を差し出す。

「ウチ、わざわざ阪神《はんしん》百貨店で買《こ》うてきたんやで」

イカ焼きというと、普通はイカの姿焼きを思い浮かべるが、大阪のイカ焼きは出汁《だし》と小麦粉、一口大に切ったイカを一緒に焼いた粉物だ。阪神百貨店梅田《うめだ》本店地下一階の売り場では、長蛇の列が出来るほどの人気で、そのイカ焼きに玉子が加わったものをデラバンと呼ぶ。いずれも丸く焼いた表面にソースを塗り、二つに折り曲げてある。

思ったよりあっさりしていたので、持参したお弁当のちょうど良いおかずになった。

「事務さん、あんた、看護部長に呼び出されたんやってね」

ギクリとする。

「ウチも被害者やけど、事務さんの事は信じてるよ」

二つ目のデラバンに手を伸ばしながら、高林ナースは言う。

「手癖が悪いのは病気や。せやから、盗んだお金を使い切ったら、また同じ事をやるはず。そしたら、事務さんの疑いは晴れるやん。放《ほ》っといてもボロ出すから、暫くの辛抱やで」

「ありがとうございます。幸い、事務方の人達は私を信じてくれています。私は大丈夫です」

気丈に振る舞ったつもりだが、手が小刻みに震えていた。

次の犯行が行われるまで待つ。何とも気の長い話で、そんな悠長な事をしている間に、こちらの気持ちが切れてしまいそうだ。

「それにしても、中村さんとこの息子……。何を考えてんやろ？」

高林ナースが突然、進の名を出したから、飲んでいたお茶を噴きそうになる。

「外科病棟のナースに片っ端から声をかけてるみたいやで。そのせいで今、『ミス住吉区』と、『万代病院の夏目雅子《なつめまさこ》』が険悪になってるんや」

ともに美貌《びぼう》を競い合っている二十代のナースだ。

「ど、ど、ど、どういう事ですか？」

焦って、どもってしまった。

「ナンパや。ナ・ン・パ。患者の身内に声かけられて、浮足立ってる看護婦もどうかと思うけど」

要は進が原因で、外科病棟の美人ナース二人が火花を散らしているらしい。女性にモテる上、本人も女好きだろうとは想像していたが、そこまで節操がないとは思わなかった。

高林ナースの連れが、気だるげに煙草の煙を吐き出した。

「中村さんとこの息子って、あの、阪妻《ばんつま》の若い時に、ちょっと似てる男の子か？」

「古いなぁ。せめてタイガース時代のジュリーとかゆうてや」

「タイガースって……。今の子、ＧＳなんか知らんやろ。タイガースゆうたら、阪神タイガースの事や。なぁ、事務さん」

「は、はぁ……」

母が好きだったのでＧＳの存在は知っていたが、それとてテレビの古い映像で見たぐらいだ。

「何が腹立つかって、ウチに声をかけてけえへん事。何でやねん！」

高林ナースは吸い終わった煙草を、憎々し気にぎゅっと灰皿に押し付ける。

その言葉に、相手は腹を抱えて笑った。

「そら、ビール腹のおばちゃんよりは、若いナースの方がええわよ」

気が付くと、十喜子も一緒に笑っていた。

だが、楽しい時間は一瞬で終わる。ナース・ステーションに戻ると、奥からヒソヒソと声が聞こえてきた。

「……どう考えても、沢井さんと土居さんしかおらへんのよ」

「沢井さんは、患者さんの部屋に入ったのが帰り際のほんの一瞬やったらしいわ。せやから、土居さんの方が怪しい」

「せやかて、あの気の弱そうな子が、盗みなんかするやろか？」

「分からんでぇ。大人しい顔して、陰で悪い事する子はおるし」

「そない言うたら、患者の食べ残しを盗み食いしてたの、何回か見たわよ。差し入れもガツガツ食べて、お金に困ってたんやろか？」

「お金に困ってるっていうたら、事務さん。あの子、お父さんを亡くしてるらしいやん」

動悸《どうき》がし、怒りに震えた。

気が付くと、そのままナース達がいる休憩所へと向かっていた。

――もう、どうなってもええ。クビになっても構へん。

一言文句を言ってやろうと、勇気を振り絞る。だが、勇んで休憩所に入った途端、ナース達が煙突のようにまき散らしていた煙草の煙を吸ってしまい、激しく咳《せ》き込んだ。

「あれ、事務さん、おったん？」

バツが悪そうな顔をすると、彼女達は十喜子から目を逸らして別の話を始めた。

文句を言うタイミングを逸してしまい、十喜子は窓口に戻った。

デスクの鍵を開け、金庫からお金を出し、患者から預かったお金を計算した。

嫌な話だが、採用試験の際には「母子家庭という事が、不利になるかもしれない」と、学校から言われていた。

事務員の仕事に、お金を扱うという項目があったからだ。

無事に採用されたのだから、今となっては笑い話ではあるが、「父親がいない」、「お金に困っている家庭の子」という偏見は付いて回る。

ちょうど目の前を、車椅子を押す土居ナースが通り過ぎる。

十喜子と同じように神経をすり減らしているのだろう。血色の悪い顔には吹き出物ができ、白衣には皺《しわ》が寄ったままだ。気のせいか、三つ編みもしょんぼりして見える。

目が合ったから、話しかけようとしたが、すぐに逸らされてしまった。

土居ナースは中学を卒業した後、地方から一人で大阪に出てきて、苦学しながら看護婦になったと聞いている。

万代病院の看護婦寮に住んでいるから、帰宅しても気の休まる間もないだろう。十喜子以上に心細い思いをしているはずだのに、新卒で入って間もない彼女には、寮を出て自活できる金銭的な余裕はない。

髪と衣服についた煙草の臭いが、急に気に障り出した。

この病院には、喫煙するナースが多い。

体調が悪い時や、辛い事があった時にも、彼女達は患者に笑顔で対応しなくてはならない。中には、ナースを家政婦のように考えている患者もいた。それが分かっている十喜子には、休憩所のヤニでまっ黄色に変色した壁が、彼女達から滲《にじ》み出る不平不満のように見える。

──あの人らが悪いんとちゃう。仕事のしんどさがそうさせてるんや。

だが、怒りは収まらない。

こういう時、話を聞いてくれる相手は──。

十喜子はトイレに行く振りをして、公衆電話へと向かった。

五

「私、クリームコロッケと海老《えび》フライの盛り合わせ。御飯とお味噌汁《みそしる》のセットで……。あ、やっぱりビシソワーズスープにして」

木とすりガラスの仕切りで囲まれた部屋の、隅のテーブルに案内されると、ブリ子は、メニューも見ずに注文した。

十喜子はクリームコロッケを頼んだ。

「くろや」は昭和十年創業の老舗洋食店で、ここで食事するのは、子供の頃に両親に連れられて入って以来だった。内装は変わっておらず、懐かしさが込み上げてきた。

「十喜子もビシソワーズ、どう？　季節限定の冷たいじゃがいものスープやで」

「じゃあ、私も同じの下さい」

注文を終えると、ブリ子は早速、「なぁなぁ、知ってる？」と、身を乗り出した。喋りたい事がたくさんあるらしい。元クラスメート達の噂話や、他の大学との合コン、サークルの話を聞くうち、「私も進学すれば良かったなぁ」と呟いていた。

「仕事、上手《うま》い事いってないん？」

「まあまあよ」

「ほんま？　さっきから顔が暗いで」

待ち合わせ場所にいる十喜子を見た時から、気になっていたと言う。何処から話せばいいのか。躊躇《ためら》っているうちに、冷たいスープが運ばれてきた。

「とりあえず腹ごしらえや。先に食べてしまお。うん、美味しい」

じゃがいもを丁寧に裏ごしし、冷たく冷やされたポタージュにはみじん切りにしたパセリが散らされ、滑らかな舌触りとじゃがいもの甘さを引き出した味が上品だった。疲れた胃に、冷たいスープは優しく溶け込んで行った。

続いて盛り合わせと、十喜子が頼んだクリームコロッケが運ばれてきた。千切りにしたキャベツに立てかけるように、拳骨大《げんこつだい》のコロッケが横たえられ、傍にはポテトサラダが添えられている。

「うわぁ……」

思わず声が出た。

箸《はし》を入れると、カリっと揚げられた薄い衣が割れ、刻んだ茹《ゆ》で玉子がたっぷり入ったベシャメルソースがとろりと溢れた。噛《か》むと、カレーの風味が鼻腔《びこう》をくすぐり、海老の切り身の旨味《うまみ》が口の中に広がる。

トマトソースがかかっているにもかかわらず、ブリ子はテーブルに置かれていたソースをかけ回している。真似《まね》してみたら、そちらの方が十喜子の口に合った。

「もう、お腹いっぱい」

スカートのウエストがきつかった。

「どうしよ？　ここでもコーヒーは頼めるけど……」

ブリ子は仕切りの向こう側を覗《のぞ》いた。

「あかん。待ってる人がおるわ」

時刻は七時。ちょうど時分時で、満席になっていた。そこで長居できる店に移動して、ゆっくり話す事にした。

「どっか行きたい店ある？」

「私、この辺の喫茶店って『ひまわり』しか知らんから……」

「『ひまわり』なぁ……」とブリ子は笑った。

「こっからちょっと遠いけど、帝塚山まで行こか」

帝塚山はちょっとしたお屋敷街で、地元のマダム御用達《ごようたし》の洒落たケーキ屋や喫茶店がある。阪堺線に乗って五駅向こうの姫松《ひめまつ》を目指す。

「十喜子が勤めてる病院って、この近くやっけ？」

「うん。万代池公園の傍」

電車が帝塚山三丁目停留場に停車した時、線路沿いに、アロハシャツと裾が広がった白いGパン姿の男を見つけた。

――岸本さん？

そして、その隣には髪の長い女性がいる。

十喜子は目を凝らした。

私服だったし、三つ編みをほどいていたから別人のようだったが、間違いなく土居ナースだった。見ていると、急に土居ナースが俯き、その顔を進が覗き込むようにしたから、ぎょっとする。

土居ナースは泣いていた。

——何をやってんのよ？

高林ナースの言葉が、生々しく思い出される。

(中村さんの息子……外科病棟のナースに片っ端から声をかけてるみたいやで)

進の節操のなさに呆れているうちに、電車は動き出した。

ブリ子が怪訝《けげん》な顔をしていた。

「どないしたん？」

「ううん、別に何もない」

だが、急に不機嫌になった十喜子に、何か思うところがあったらしい。

「ごめん。自分の話ばっかりで……。ケーキ屋ではゆっくり、十喜子の話、聞くわな」と肩を叩《たた》かれた。

姫松停留場で降りると、軌道沿いの五階建ての白い建物を目指す。喫茶室を併設した老舗のケーキ店は、一階と二階部分が黒と金でデザインされていた。思わず「パリのカフェみたい」と十喜子は呟き、ブリ子に笑われた。

「フランスにもパリにも、行った事ないやん」

宝石のように綺麗なケーキが、まるで展示品のようにショーケースに並んでいるのを横目に、二階の喫茶室へと続く階段を上る。

「凄《すご》い店、知ってるんやね？」

「ここのプチシューが、子供の頃の私のおやつやってん」

「不二家」のドーナツがご馳走だった十喜子は、こんな洒落たお菓子を子供の頃に見た事も、食べた事もなかった。

「意外とお嬢さんやってんな」

「意外は余計や」

散々迷った末、十喜子は熊《くま》の顔をかたどったショコラベアを、ブリ子はムースをシュー生地で挟んだパリブレストを注文した。

「十喜子、さっきはお腹一杯って言うてなかった？」

「甘いもんは、入るとこが違うねん」

「それより……。今日は何か私に聞いて欲しい事があったんやろ？　何でも聞くで」

「う……ん。もう、別にええよ。美味しいもん食べながらする話とちゃうし」

せっかくの楽しい雰囲気を壊したくなかった。

「十喜子。我慢したらあかんで。言いたい事があったら、ちゃんと吐き出し。その為の友達なんやから」

「ありがとう」と言いかけて、声が詰まった。

ブリ子は次の言葉を辛抱強く待ってくれた。そして、十喜子が羞恥《しゅうち》と怒りに言葉を詰まらせながら「盗みの疑いをかけられている」と言うと、顔を真っ赤にして、我が事のように怒り出した。

「酷《ひど》い。十喜子がそんな事する訳ないやん」

「でも、まるで犯人扱い。私、何もしてへんのに」

警察の取り調べのように当日の行動を聞かれ、ナース達の視線も冷たいと言うと、ブリ子は吐き捨てるように言った。

「ほんま、しょうもない人ら。白衣の天使が聞いて呆れるわ」

「天使やって嘘よ。休憩時間中はずーーーっと煙草吸うてはるし」

喫煙を咎めるつもりはないが、身体が弱った人を看護する立場の人が、舞台裏で身体に悪い事をしているのだ。見ていて心が痛む。

「せやけどな、十喜子。あんたも大人し過ぎるで。そういう時はな、パーンと怒らなあかん。学校の先生とか親は、辛抱強いのがええ事みたいに言うけど、辛抱したらあかん時もあるんや」

高校時代から正義感が強く、先生や先輩など相手が年上であろうと食ってかかっていたブリ子らしい言葉だ。

「無理。私はそんなに強くなられへん」

「弱気になったらあかん」

親指を立て、十喜子に向かって突き出す。

「毅然《きぜん》としときや。舐《な》められたら終わりやからな」

十喜子はただ、頷くしかなかった。

六

その数日後。

窓口で患者に応対していた十喜子は、背後がざわざわしている気配を察した。

朝の申し送りの時間に、いきなり看護部長が現れて、「アンケート」という言葉が聞こえてきた。

話を聞きたかったが、立て続けに電話が鳴り、その取り次ぎに追われていたから、彼女達が騒いでいる理由は分からず仕舞いだった。

申し送りが終わると、職員達はすぐに各自の仕事に走るから、とても話を聞けるような雰囲気ではなくなる。昼休憩までの時間を測りながら、ブリ子の言葉を思い出していた。

(学校の先生とか親は、辛抱強いのがええ事みたいに言うけど、辛抱したらあかん時もあるんや)

競技をしていた頃には、一ミリでも人に先んじる為に過酷な練習に耐え、時にはライバルを押しのけるような戦いをしてきたのだ。そんなブリ子から見たら、十喜子など「吹けば飛ぶような甘ちゃん」に見えるのだろう。

考えてみたら、これまで些細な口喧嘩《くちげんか》や行き違いこそあれ、家族や友人、周りの人との深刻なトラブルを、十喜子は経験していない。

妹の千恵子とて、姉の服や持ち物を勝手に持ち出したりはするが、他人様《ひとさま》の物を盗《と》るのとは訳が違う。

恵まれていたのだ、これまでの十喜子は。

そんな、のんびりした子供時代を送った世間知らずのまま、様々な人の思惑や悪意が飛び交う社会に出て、途方にくれている――。

それが今の自分だ。

ぶるっと身震いをした。

怖い。

初めて人間が怖いと思った。

時計が十二時をさすと同時に、十喜子は席を立った。そして、お昼をとる為に休憩室へ行き、ロッカーから包みを取り出す。いつも差し入れしてもらっている高林ナースに、今日はお返しのつもりで、十喜子が住む堺市で売られている、お饅頭《まんじゅう》を持参したのだった。

ついでに、看護部長からのアンケートについて聞こうと思ったのに、彼女の姿はない。

高林ナースが時折、仲良しと示し合わせて、こっそり外に食べに行っていたのを思い出す。今日も、きっと外食に出たのだろう。

——どないしよ。これ、あんまり日持ちせえへんのよねぇ。

見回すと、ちょうどリビングで看護補助達が三人、お喋りしていた。

看護補助とは、看護資格を持たないものの、シーツ交換や配膳の手伝い、介助や掃除など、医療面以外でナースを補助する職員達で、そのほとんどが五十歳以上の女性だ。噂好きで、しょっちゅう院内の誰がどうしたとか、あのドクターとこのナースはデキているというような話をしており、事情通でもある。

何より十喜子が参加できない申し送りを聞いているのだ。上手くすれば、何か情報を引き出せるかもしれない。

十喜子は三人組の看護補助に近づいた。

呼び名の通りリーダーを務めるリーダーは小柄で、マラソン選手のようにスリムな身体で、いつも忙しそうに走り回っている。

その隣には、リーダーとは対照的な体型の、最年長者でもあるボス。

そして、二人に向かい合っているのが、最近、夫の転勤でこちらに来たという新人だ。赤い縁の洒落た眼鏡をかけているから、陰でザーマスと呼ばれている。

「良かったら、如何《いかが》ですか？」

おずおずと差し出すと、ボスが真っ先に「いやぁ」と歓声を上げた。

「芥子餅《けしもち》やん。私、好きやねん」

眼鏡のつるを持ち上げながら、ザーマスが覗き込む。

「これ、私も好きなの。甘さ控えめで、大阪らしくない上品な味の和菓子。でも、私は肉《ニッ》桂《キ》餅の方が好きだけど」

「あんたは、いつも余計な事を言うよなぁ。せっかく事務さんが持ってきてくれたのに、『大阪らしない』とか、『肉桂餅の方がええ』とか……」

ボスが、ザーマスを睨みつける。

「そう？　本当の事を言っただけじゃない」

「まあまあ。二人とも、お茶沸かして」

タイミング良くリーダーが間に割って入る。この三人は、いつもこんな風に漫才のような掛け合いをしているから、「かしまし娘」とも呼ばれていた。

言い争いはしても、チームワークは抜群で、瞬く間にお湯が沸いて、人数分の湯呑茶碗《ゆのみぢゃわん》が何処からか現れ、気が付いたら十喜子の前にお茶が置かれていた。

「あ、どうも。……それでですね、今朝、看護部長がアンケートを回してたみたいなんですけど……」

水を向けると、すぐに反応があった。

「あぁ、あれな。こないだの盗難事件のアンケートやねん」

既に、あの時間帯に居た職員から話を聞いているのではなかったか？

十喜子が怪訝そうにしていると、「あんたも疑われて災難やなぁ」と気の毒がられた。

「私らにしたら、何を今さらな話なんやけどな」

ボスが、吐き捨てるように言った。

以前から、更衣室やナース・ステーションでお金を抜き取られたり、財布が無くなるといった事件が、度々あったらしい。

「えっ！　そうなんですか？」

入って三ケ月も経たない十喜子には、与《あず》かり知らない事実だった。

「せやけど、私らが言うても『ロッカーにはしっかり鍵もかけて、注意しなさい』だけでおしまい。今回は、患者さんのお金が盗まれたから騒ぎになってるけど……」

「じゃあ、そのアンケートの内容というのは……」

ザーマスが眼鏡のつるを持ち上げた。

「中村さんの息子さんが、怒り出したのよ。こんな盗人《ぬすっと》のいる病院に母親を入院させていられないって」

「せやせや。警察に届けるって、院長に捻《ね》じ込んでな……」

「ほんで、さすがの院長も、うちできっちり調べます言うて、ようやく納得してもろたみたい」

戸惑っている十喜子に、ザーマスが分かりやすく説明してくれた。

「つまりね、今回の事件が起こる以前、これまでに病院で財布を盗まれた事がある人は、その日時を書くようにって、アンケートで聞かれてるのよ。もちろん、匿名でね」

以前、進に「警察に届けてくれ」と頼んだ時は、「できない」と突っぱねられた。それなのに、何故、今になって――。

七

ナース・ステーションに戻ると、何やら騒がしい。怒声が廊下にまで響いていた。

「……ウチがやったっていう証拠はあるん？　だいたい、私は中村さんの病室には近づいてないんや！」

「それこそ、近付いてないっていう証拠がないやないの！」

「また同じ事があったら、私らまで疑われるんよ。一緒に仕事なんかでけへん」

複数の人間の声がする。

呆然として立ち尽くしていると、中から人が飛び出してきた。

「ウチかて被害に遭《お》うてるんやからな！」

高林ナースだった。

ぶつかりそうになり、慌てて飛び退《すさ》る。

すんでのところを駆け抜けていった彼女から、ぷんと煙草の臭いがした。

中からは、興奮したナース達の声が聞こえてきた。

「前から怪しかったんよ。あの人……」

「盗難があった日の勤務に、全て入ってるんよ。真っ黒やのにお咎めなしって、どういう事？」

「財布を盗まれたって言うてるけど、自分ではどうとでも言えるよな」

「看護部長から院長に言うてもらおや。クビにしてくれって」

わんわんと声が渦巻く中、鼻腔に残った煙草の臭いが、何かに結びついた。

事件が発覚した翌日、中村ルミ子の床頭台の棚から、煙草の臭いがしていた。てっきり、進が病室で煙草を吸ったとばかり思っていたが、そうではなかったのかもしれない。床頭台に入れておいた財布を盗み出す時、犯人が残して行った臭いだったとしたら？

思考がゆっくりとまとまってゆく。

あれは喫煙者の指先についた、ヤニの臭いだ。そして、十喜子も土居ナースも煙草は吸わない。犯人が高林ナースかどうかはともかく、少なくとも自分達は潔白だと言える。

「うわあぁぁー！」

見ると、ナース・ステーションの隅で土居ナースがへたり込んでいた。先ほど、高林ナースを糾弾していた職員達が駆け寄り、土居ナースを慰めている。

「あんたを疑って悪かった」

「ごめんな」

「もう、大丈夫や。真犯人が分かったんやから」

疑われている間、ずっと気を張り詰めていたのだろう。土居ナースは床にはいつくばると、あたりをはばからずワンワン泣き出した。

物事が解決する時は、手の平を返したように唐突に訪れる。

まず、看護部長に謝られた。

お金を盗んだ犯人に目星がついたと言って。

「職員にアンケート調査をした結果、これまで出てこなかった事実があぶり出されました」

「はぁ……」

「他にも財布を盗られた人が何人も出てきて、そのタイミング全てに居合わせた人物が特定されたんです」

それが、高林ナースなのだろうか？

「これまで盗難に遭った時には、自分の勘違いだと考えてしまったり、職場の人間関係を悪くしたくなかったりで、言い出せなかったみたいですね。匿名のアンケートにしたのが良かったみたいです。皆、正直に事実を書いてくれました。黙っていた理由も……。だから、沢井さんは堂々としていていいんですよ」

「あの、犯人は高林さんだったんですか？」

恐る恐る尋ねる。

疑われた十喜子には、真犯人を知る権利があると思ったからだ。

「それは言えません」

勿体《もったい》ぶったところで、現場では大騒ぎになっているのだ。真相が明らかになるのは、時間の問題だった。

結局、盗まれた財布は出て来ず、疑いを否定し続けていた高林ナースは、追い立てられるように退職した。

職員達は不服そうだったが、病院は警察ではない。まさか高林ナースの自宅まで調べる訳にもいかない。やがて、日々の忙しさに取り紛れ、窃盗事件は過去の出来事へと追いやられていった。

八

半月後、土居ナースの退職が告げられた。

梅雨は明け、じりじりとした陽射《ひざ》しが照り付けるようになった頃だ。

「誠に残念ですが、お母様の病状が思わしくなく、急遽《きゆうきよ》、ご実家に戻る必要に迫られての事です」

婦長さんの説明に、ナース達は囁き合った。

「えらい、急な話やね」

「せっかく仕事を覚えてくれたのに、残念やわぁ」

「やっぱり、ショックやったんやろか。あの事が……」

「お静かに。今日の午前中に、土居ナースが最後の挨拶に来られます」

十喜子も寂しく思った。

ナースと事務員という関係上、そう親しく話す機会もなかったが、数少ない同期なのだ。

「すみませーん」

窓口から声がかかったが、相手の姿が見えない。

立ち上がって身を乗り出すと、車椅子に座ったルミ子が、窓口の前にいた。

「テレビを観《み》たいんやけど、どないしたらええん？」

「自動販売機でテレビカードを買って頂き、イヤホンをこちらで購入して頂く事になります」

そして、脚が不自由なルミ子を慮《おもんぱか》り、「お金をお預かりして、こちらで買いますよ」と付け加えた。

「ほんなら頼もうかな。悪いけど、お金渡したいから、部屋まで来てもろてええ?」

十喜子はナース・ステーションから出て、車椅子を押した。

「息子が差し入れてくれた本、読んでると疲れるねん」

「具合が悪い時は、字を読むのも辛いですよね」

そんな話をしながら病室に向かう。

ルミ子は車椅子に乗ったまま、床頭台の棚を開いた。ハンドバッグに手をやり、中から財布を取り出す。

思わず「あ……」と声を出していた。

ルミ子が手にしているのは、赤いエナメルの財布だ。

盗まれたのではなかったか?

「すみません。その財布……」

「財布がどうかしたん?」

「恐れ入ります。それは、もしかして盗難に遭った財布ではないでしょうか?」

ルミ子が「しまった」という顔をしたが、「違うわよ」と言った。

だが、十喜子は誤魔化されなかった。

「私、たまたま、入院した直後に中村さまのお財布を目にしていて……。ハンドバッグが開いていて、とても素敵な財布だったので、よく覚えています」

そう言いながらも頭が混乱した。まさか、ルミ子が嘘をついていたのか？

「あ、いやぁ、その……」

ルミ子は顔に汗をかき、シドロモドロになっている。

「これには実は訳があって……」

その時、後ろで声がした。

「あーあ、おかん。台無しやないか……。もう」

進だった。

そして、進の隣には、私服姿の土居ナースが項垂《うなだ》れていた。

九

夜行列車で実家に戻ると言う土居ナースを、十喜子は住吉大社の「くろや」へと誘った。テーブルについた土居ナースは、メニューを見もせずに「私は水だけで結構です」と言い、従業員を呆れさせた。困り顔の十喜子に「お金がないので」と言うと、恥ずかしそうに俯いた。

「あの、土居さん。今日が最後なので、御餞別《おせんべつ》に私にご馳走させて頂けませんか？　もし、お嫌でなければ……」

そう言うと、土居ナースはほっとした顔になり、恥じらうように一番安価なクリームコロッケの単品を注文した。御飯も味噌汁もいらないと言う。

立ち話で済むような事でもないので誘ったのだが、逆に申し訳ない気持ちになった。

運ばれてきたコロッケに、土居ナースはゆっくりと箸を入れる。

さくっとした衣の間から、刻んだ茹で玉子が入った黄色っぽいベシャメルソースが溢れ出す。

「……美味しい」

青白かった土居ナースの顔に、ほんのりと赤みがさす。

「私、よく考えたら、お好み焼きとかたこ焼きとか、大阪名物の食べ物を何も食べてないんです」

看護学校や病院の寮で出される食事を食べていただけで、外食する余裕もなかったのだと言う。

「良かったら、もう一つどうぞ」

十喜子は自分の皿に載ったクリームコロッケを、土居ナースの皿に移す。

「ありがとう」

今度は遠慮せずに、旺盛《おうせい》な食欲で二つ目のコロッケをゆっくりと食べ始めた。

お腹が一杯になったところで、土居ナースは重い口を開いた。

「元はと言えば、実家に仕送りするお金が無くなったのが始まりだったんです」

母親が長らく病に臥《ふ》せっていたのもあり、家族は土居ナースを頼りにしていた。

「看護学校に進んだのも、将来、母の面倒を見る為です。父の仕事も上手く行ってなくて、家族は私の仕送りをアテにしていました。あの日は初めての給料日で、家に仕送りする分を封筒に入れて、鞄《かばん》ごとナース・ステーションの奥に置いてあったんです」

その封筒が無くなったのだと言う。

「今から考えたら、それは高林さんの仕業だったのでしょう。当日、一緒に夜勤に入ってましたから……。その後になって、高林さんの良くない噂を聞きました。でも、証拠がないから、誰も何も言えないって……」

結局、新卒で入ったばかりの土居ナースは声を上げる事もできず、泣き寝入りしてしまった。おまけに自分が生活する為のお金を仕送りに回したから、その後の生活は悲惨だったとも言う。

「休憩中の飲み物も買えず、仕方なく水道の水を飲んでいました。食事も満足にできなくて、あまりにお腹が空いて、患者さまの食べ残しを口に入れた事もあります。本当に情けなくって……」

土居ナースの頬を、一筋の涙が伝う。

「中村さんが急患で入って来られた日は、高林さんが夜勤に入るのが分かっていたので、私も用心して、あらかじめ財布は更衣室のロッカーに入れておきました。そのおかげで安心して残業できたんですけど、ふと魔が差したんです。もし、患者さまのお金が盗まれたなら、病院も知らん顔せずに、警察を呼んでくれるんじゃないかと」

そして帰り際、夜勤のナースがルミ子をトイレに連れて行った隙に、床頭台からルミ子の財布を抜き取ったのだと言う。

「そうだったんですか……」

ルミ子の持ち物が入った棚に煙草の残り香があったから、つい高林ナースに結び付けて考えてしまった。だが、入院した当初のルミ子は足を固定されており、介助がなければベッドから動けない状態だった。棚から物を出し入れする際にはナースコールを押し、職員を呼んでいたはずだ。そして、煙草を吸う職員は高林ナース一人ではない。

だから、煙草を吸わないからと言って、それが土居ナースが何もしていない証拠とはならない。短絡的な推理をして悦に入っていた自分を、十喜子は秘かに恥じた。

そして、そんな土居ナースの思惑を嘲笑《あざわら》うかのように、事態は思わぬ方向に転換した。同じ日に職員達の財布が盗まれ、あろう事か高林ナースも被害者だと言い張ったのである。

恐らく、彼女は院内で盗みを繰り返すうちに、自分に疑いがかかっている事に気付いたのだろう。だから、被害者の振りをして、他に犯人がいると皆に思い込ませようとしたのだ。

それだけでなく、自らの罪を土居ナースになすりつけ、素知らぬ顔で笑っていた――。

土居ナースの唇が震えた。

「……あの時、頭が……真っ白になりました」

そして、「ううっ」と嗚咽《おえつ》した。

「中村さんには、すぐ財布をお返ししました。事情を説明して……。叱《しか》られるのも承知でしたし、私のやった事は許される事じゃありません。それなのに、中村さんも息子さんも仰《おっしゃ》って下さったんです。『悪いようにはしない。任せろ』と」

テーブルには、ぽたぽたと涙の滴が垂れ続けていた。

ようやく進の行動に納得できた。

彼は外科病棟のナース達を誘っては親しくなり、探りを入れていたのだ。そして、院内で盗みが横行している事実を確認した彼は、「警察沙汰にする」と騒いで、病院側が自浄するように誘導したのだ。

「中村さんに財布はお返ししたんやし、息子さんも分かってくれたんですよね？　だったら、何も辞める事は……」

「いいえ。私がやった事は、やっぱり間違ってます。確かに高林さんは悪い事をしていましたが、だったら私が声を上げれば良かったんです。新人だからとか、人間関係を壊したくないからって遠慮せずに、私は被害者なんだって……。そうすれば、犯人捜しは行われなかったとしても、高林さんも改心したかもしれません」

十喜子は胸の中で呟いた。

――この人、純粋と言うか、優し過ぎるんやなぁ。

高林ナースは反省などしていない。

恐らく、他所へ移っても、そこで同じ事を繰り返すだけだ。残念だが、高林ナースが自分で言ったように、あれは病気なのだ。

土居ナースとは停留場の前で別れた。

彼女は天王寺《てんのうじ》から環状線で大阪駅まで行き、夜行に乗る。対して、十喜子は浜寺《はまでら》駅前方面行きのホームに向かった。

軌道を挟んで斜め向かいのホームに立つ土居ナースは、心細げだった。実家に戻って、近くの診療所で働きながら、母親や家族の面倒を見るのだろうか？　そこでまた別の苦労をするのだろうか？

周りの友人達がまだ親に甘えている年頃に、子供のままでいられなかった辛さは、二年前に父を亡くした十喜子にも少しは理解できる。

――土居さん。どうか、心を強く持って。

声には出さず、そっとエールを送る。

「気の毒な娘やなぁ」

「わ！」

いつの間にか、進が隣に並んでいた。

「せっかく盗みの疑いが晴れたのに、田舎に帰るねんてなぁ……」

「随分、回りくどい事をされたんですね？　わざわざ他のナース達に探りまで入れて……」

「そら、好きな娘が疑われてると分かったら、放っておかれへんやろ」

弾《はじ》かれたように、十喜子は顔を上げた。そして、土居ナースが立つ停留場に目をやった。

ボストンバッグを足元に置いた彼女は、余所見《よそみ》をしていて、進に気付かない。

「いいんですか？　土居さん、このまま実家に帰ってしまいますよ。追い掛けて、戻って欲しいって言った方が……」

左手から天王寺行きの電車が、ライトを光らせながら近づいてくる。

「まだ、今やったら間に合いますよ！」

そう急《せ》かしたが、進はじっと十喜子を見ている。

「これを逃したら、もう会われへんかも……」

ふわっと頭に温かい物が乗せられた。

進の手だった。

「そういう事にしとこか。今のとこは……」

そして、くくくっと気味の悪い声で笑うと、ぽんぽんと十喜子の頭を叩いた。

御飯のような人

一

徐々に日が短くなり、薄《う》っすらと肌寒くなる季節が、十喜子は好きだ。

今日は土曜日で、仕事は半ドンだった。

午後いっぱいかけて、箪笥《たんす》の中に入ったままだった夏物の衣料を衣装ケースに移し、冬物のセーターと入れ替える。そして、防虫剤の臭《にお》いを取る為《ため》に、午後いっぱい陰干ししておいたコートを、日が暮れる前に取り込んだ。

街灯が灯《とも》り、辺りに魚を甘辛く煮付ける香りが漂い始めると、お腹《なか》がぐぅと鳴った。

「十喜子ー。お葱《ねぎ》一本、お願い」

家の中から母の声がした。

父が存命中に買った中古の建売住宅には、狭いながらも庭があり、洗濯物を干すスペースの脇《わき》に、鉢を並べられる場所があった。鉢の一つには、青葱を植えてある。買ってきた根付きの青葱を、根元から三、四センチぐらい残して土に植えると、数日で緑色の部分が伸び、再利用できるのだ。

鉢に植わった青葱は植えられてから十日以上経《た》っており、最初は平らだった切り口が、今では鋭くとがった形になっている。そのうちの一本を抜き取り、土を取り払った後、庭の隅にある水道の蛇口をひねり、流水で土を洗い流す。

「お母ちゃーん、今日の晩御飯、何？」

土曜日は遅くまで遊び歩いている千恵子が、珍しく家にいた。

「かやく御飯と煮麺《にゅうめん》」と母が答えるのが聞こえ、十喜子は「やった」と呟《つぶや》いていた。

「えぇー、御飯と煮麺？　どっちも炭水化物やん」

千恵子が余計な事を言う。

「ほんなら、千恵子は卵を落としたおつゆだけにしとき。十喜子ー、ちょっと手伝って。お母ちゃん、アイロンかけたいねん」

呼ばれて台所に行くと、炊飯器は蒸らしに入っており、あとは煮麺を用意するばかりになっていた。

乾物を集めた箱から、三輪素麺《みわそうめん》を取り出す。煮麺とは、つまり温かい素麺の事で、湯がいた素麺を温かいお出汁《だし》に浸《つ》けて食べる。

お湯を沸かしている間に、卵をボウルに割り入れ、解きほぐしておく。ついでに塩も一つまみ入れる。

そして、庭で摘んできた青葱を包丁で小口切りにしてゆく。

トトトトトン、と小気味いい音をさせると、新鮮な葱の香りがふわっと立ち上る。

この間にお湯が沸き、素麺を投入する。

「わ、吹いてる、吹いてる」

泡立ったお湯が鍋《なべ》の縁までせり上がり、瞬く間に吹きこぼれる。

「水を入れなさい！　水を！」

母の指示通り、コップ一杯の水を鍋に入れると、先程まで荒ぶっていた鍋は、嘘《うそ》のように静かになる。

「差し水すると、短時間で茹《ゆ》で上がるさかいな」

再沸騰した鍋から、麺を菜箸《さいばし》で一本すくいとって噛《か》むと、ちょうどほど良く茹で上がっていた。

麺をザルに上げて、水道水で冷やす。

そして、素麺を茹でていた鍋をざっと洗い、あらかじめ昆布を浸しておいた水を鍋に移し、火にかける。

出汁が沸き上がるまでの間に、片栗粉《かたくりこ》を水に溶いておき、溶き卵の脇に用意した。

煮麺のつゆは、かやく御飯に負けないように、いつもより味を濃くする。昆布だけでは物足りないので、かつお風味の出汁の素も入れ、薄口醤油《しょうゆ》と酒を少しずつ足してゆく。味が決まった後、水溶き片栗粉を回し入れ、とろみがつくまでお玉でかきまぜながら加熱。

そこに卵を入れると、ふわふわっと広がり、とろみのついたつゆの中を舞う。

まんべんなくお出汁の中に広がるように、菜箸に伝わせて少しずつ溶き卵を入れる、その作業が十喜子は好きだった。

アイロンがけを済ませた母が、水屋からお椀《わん》を三つ取り出し、うち二つにザルに上げておいた素麺を入れている。そこにつゆを張れば出来上がりだ。

母と千恵子のお椀には青葱だけ、十喜子の分には山椒《さんしょう》も加えてテーブルへと運んだ。

すでにお茶碗によそったかやく御飯と、漬物が並んでいる。

「いただきまーす」

炊き立ての、つやつやとしたかやく御飯を一口食べ、煮麺をつるつるっとする。

かやく御飯の具は細かく切ったかしわに、千切りの人参《にんじん》と蒟蒻《こんにゃく》。昆布と酒をきかせて、醤油で炊いてある。十喜子の好物だし、副菜がただのおつゆでなく煮麺というのが贅沢《ぜいたく》だ。

「お母ちゃん。野菜がないやん。サラダかなんかないん？」

千恵子はちょっぴりの御飯と玉子だけのおつゆを前に、ぶつぶつ文句を言っている。

「美容に悪いわ」

十喜子は箸で煮麺をかき混ぜた。念入りに味見をした出汁は我ながら絶品で、そこに山椒の風味が加わるから、たまらない。

「今日の煮麺は上出来や。私、料理の天才ちゃうか？　なぁ、そう思わへん？」

自画自賛していると、千恵子が「あー、もう、煩《うるさ》い。はいはい」と面倒臭そうに返事をする。

「お母ちゃん。電話やで。電話」

玄関脇に置かれた電話が鳴っていた。

「千恵子、出てや。どうせ、あんたの友達やろ?」

「ええから、お母ちゃんが出てって」

母を追いやると、千恵子がニヤニヤしながら囁《ささや》きかけてきた。

「お姉ちゃん。あの人とどうなってん?」

つい先日、進と一緒にいるところを、千恵子に見られてしまった。

適当に誤魔化せば良かったのに、うっかり「お母ちゃんには黙ってて」と言ってしまったが為に、彼氏だと思い込んでいるようだ。

「もう、キスぐらいはした?」

はあっと溜息《ためいき》をついて見せる。

「何を勘違いしてるんかしらんけど、あの人のお母さんが今、万代病院に入院してるんや、お見舞いに来たついでに、家《うち》まで送ってくれてるだけで、別に彼氏とかやない」

「えらい呑気《のんき》やなぁ、お姉ちゃん。ぼーっとしてたら、他の女に盗《と》られるで」

「私は今、仕事を覚えるのに精いっぱいやから……」

万代病院で働き出して八ケ月目になる。最初の頃《ころ》は右も左も分からず、毎日が戦争のようだったのが、何とか一人で仕事をこなせるようになっていた。

「仕事が大事やから男は二の次でええって? 向こうは住吉大社の近くに住んでるんや

ろ？　お姉ちゃんを送ってここまで来たら、また戻らんとあかんやん。そこまでしてくれてんのに『彼氏やない』って、そんな憎たらしい事を言うてたらフラれんで」

「ほっといて」

「後から泣いても遅いんやからね」

進は下宿を引き払い、実家に戻ってきていた。来春には大学を卒業する予定で、もうあまり大学に行く事もないからというのが理由の一つだった。

そして、もう一つの理由はルミ子だ。

六月に骨折した際、ルミ子はプレートで固定する手術をしたのであるが、持病の糖尿病のせいか、感染症を起こしてしまった。その後、血液状態を良くする為と糖尿病の治療、骨折の再手術にと入院が長引いてしまっている。

ようやく、退院の目途が立ったとは言え、すぐに元の生活には戻れない。当分はリハビリに通う必要があったし、自宅に戻っても不自由するだろうから、進が実家に戻った方が安心だと言うのだ。

「お母さんの面倒を見るのは偉いけど、もうすぐ卒業やろ？　就職先は決まってるん？」

「さぁ、知らんわ」

進は髪を伸ばしたままだし、就職活動をしているような話は聞かない。

相変わらず音楽に夢中で、ギターを弾きながらスナックやバーに行き、客からチップを貰《もら》うバイトで腕を磨いている。家賃や生活費を稼げるぐらいは、チップを弾んでもらえているそうだから、ちょっとした腕前なのだろう。

ギターを担いで流していると、誰《だれ》かが夕飯を奢《おご》ってくれるし、帰宅は朝で、そこから夕方まで寝ているから、日中は食事をしない。だから、食費はほとんどかからないと言っていた。

最初に聞いた時には信じられなかったが、ルミ子は学費を払うだけで、生活費は仕送りしてなかったと話していたから、本当に何とかなっているみたいだ。

「つまり、夢を追いかけてるんや。かっこええけど、そんな人と結婚したら苦労すんでー。お姉ちゃん」

その時、母の苛立《いらだ》ったような声が、廊下から聞こえてきた。

「もしもし？　おたく、どなた？」

戻ってきた母は、不機嫌そうな顔をしていた。

「無言電話や。御飯時に不愉快やわ」

「あー、また？　私もこないだとったわ」

かきたま汁をすすりながら、千恵子が言う。

「気色悪かったでぇ。『もしもし』言うても黙ってるやろ。こっちもつい意地になって、切らんと頑張ってたら、『ふぅー、ふぅー』って鼻息が聞こえてくるねん。どこの変態や？」

二

その翌朝、洗面所で化粧をしていると、母が顔を覗《のぞ》かせた。

「珍しいやん。十喜子が休みの日に化粧してるて」

「ちょっと出かけるから……」

「何処《どこ》へ？」

一拍置いて「すみよっさん」と答えていた。

祭りでもないのに、そんなところへ何をしに行くのかと勘ぐられるかと思ったが、「そろそろ七五三の季節やなぁ……。うちは二人とも開口《あぐち》神社の氏子《うじこ》やけど」と呟いた。

母が穿鑿《せんさく》を始めないうちに、さっさと二階へ上がる。

着替えた後、昨日のうちに干しておいたコートを羽織って、外へ出た。すっかり冷たくなった風が髪をなぶり、頰《ほお》をかすめてゆく。

市営住宅の敷地に植えられたポプラが黄色く色づき、それを横目に坂を上ると、川に沿って設けられた堤防へと出る。下流に目をやると、大阪セルロイドの煉瓦《れんが》造りの建物と鉄塔、その周辺に植えられた木々が目に優しく映った。

冴《さ》え冴《ざ》えとした空気のせいか、錆《さ》びたフェンスや、そこに凭《もた》れかかる雑草までが綺麗《きれい》に見える。暫《しばら》く上流に向かって歩くと、橋の袂《たもと》に阪堺線・大和川停留場と踏切が見えてくる。

川の水は引き、そこかしこに中州が出現していた。

日本で一番汚い一級河川と言われている通り、大雨や台風の後には上流から様々なゴミが押し寄せてくるだけでなく、時には牛や豚が流れてくる事もあった。

遠くの方からゴーッと重たい何かが近づく音がして、踏切の警報音が鳴り出した。

到着した電車に乗り、川にかけられた鉄橋を渡ると、そこは大阪市だ。我孫子《あびこ》道《みち》、安立《あんりゅう》町《まち》、細井《ほそい》川《がわ》と、住宅街の中に敷かれた軌道の上を、電車は威勢の良い音を立てて走った。

そして、住吉大社の真正面にある停留場で降り、西へと歩く。

上町《うえまち》線の住吉公園駅、南海本線の高架を抜けて、すぐに右へと進路を変えると、そこには住吉鳥居前商店街のアーケードが口を開けている。北に向かって伸びるアーケードには、東西に走る道が交差していて、昼食の買い出しでごった返す人と、道路を通行する車がせめぎ合う。

「リリアン」は角地に建ち、二方向に向けてガラスのショーウィンドーが設《しつら》えてあった。ちょうど店を開けたばかりなのか、店内からワゴンを運び出す進の後ろ姿が見えた。

今日は、進に服を見繕ってもらう予定だった。

発端は、十喜子の私服が「ダサ過ぎる」と進が口走った事だ。売り言葉に買い言葉で「だったら、私に似合う服を見立てて下さい」と言い返していた。その流れから、「リリアン」に置いてある服から、十喜子に似合いそうな物を選んでもらう事になった。

我ながら、愚かだと思った。

「リリアン」には、十喜子に似合うような服は置いていない。高校時代、バンドを組んでいた同級生がステージ衣装を探しに行っていたような店なのだから。

「そんな事ない。大人しめの服もある」と進は言うが、あまり期待はしていない。ただ、休日に進に会えるという事に、自分でも驚くぐらいわくわくしていた。

付き合っているのかどうか分からないような関係は、たまたま帰りが一緒になった時から始まった。何度か家まで送ってもらっただけで、これまでは休日に会う約束をした事もない。

それが、今日は何かが変わるかもしれないのだ。十喜子の胸は期待に膨らんでいた。

「岸本さ……」

進に声をかけようとした時、くるくるとした毛先が視界に入り込んできた。

「いっやぁ、進ちゃん。ついにルミ子ちゃんの代わりに店やるん?」

「ああ。カズちゃんか」

笑顔で応《こた》える進は、すぐ傍《そば》に十喜子がいるのに気付いていない。

「進ちゃん。カズエに似合う服、選んで」

「せやなぁ……。このワンピースとかどうや？」

「ちょっと子供っぽない？」

進が選んだのは、胸下に切り替えのある黒とチェック柄のワンピースだった。

「そうか？　エナメルの靴に合わせたら、シックでええやん」

「進ちゃん、それ、子供のピアノの発表会やから」

楽しそうな二人を見るうち、段々と心が冷えて行った。

――この人、誰にでもええ顔すんねんなぁ……。

そのまま背中を向けて帰っても良かったのだが、それも癪《しゃく》に障る。第一、十喜子はちゃんと約束しているのだ。

「おはようございます。岸本さん」

盛り上がっている二人に向かって、声を張り上げる。

「おぅ、来たか。待ってたで。ごめん、カズちゃん。この子と約束あるさかい、また今度な」

「今度っていつ？　いつなん？」

甘えた表情と、かすれた声で進にまとわりつくのに、進が苦笑いをしている。

「いつでもええよ。明日でも、あさってでも」

「うん。分かった。ほんなら明日、一緒にごはん食べよな。進ちゃん」

笑顔でひらひらと手を振りながら進に背を向け、カズちゃんは十喜子を見た。

ぞくりとした。

顔から表情が消えていた。

戸惑っていると、カズちゃんが目だけ動かした。十喜子の頭のてっぺんから爪先《つまさき》まで舐《な》め回すように見て、最後に「ふふっ」と声を漏らした。

「高校生の時から、全然変わってへんねぇ。元から、おばちゃんみたいやったけど……」

カズちゃんは猫のような目を十喜子に向けたまま、こちらに歩いてきた。そして、すれ違いざまに囁いた。

「カズエ……ねんで……」

その言葉を聞くなり、頭から水を浴びたような悪寒が走り、全身に汗が噴き出していた。

進が何か言っていたが、ちょうど通りかかった子供が泣き出して、その声はかき消された。

つい先程、進がカズちゃんに薦めていた黒いワンピースが、視界でちらちらと揺れていた。

「これ、自分に選んだ服なんやけどな、カズちゃんにピアノの発表会て言われてしもた……」

三

ボールペンを握った手が、ふと止まる。

開かれたノートには、外科病棟に入院している患者の名前が一覧になっていて、そこにナースや看護補助のそれぞれ異なった筆跡で、「正」の字が書かれている。

紙オムツを使う度に、線が足されて行き、月に二度、十喜子がその数を計算して、入院費に含まれないコストとして伝票を切る。伝票を外来の事務員に送ると、入院費に加算された後、請求書が出来上がる。

忙しさに紛れて、大勢の人間がその都度記入するせいか、「正」の字は歪《いびつ》に並んでいる。まるで、千々に乱れる十喜子の胸の内を表しているようだ。

「もうっ！　中村さん、こんなもん隠し持ってたのよ！」

憤然とした顔でナースが戻ってきた。ルミ子の担当ナースだ。細長い箱を二つ、片手にまとめて摑《つか》んでいる。

「糖尿の持病があって、そのせいで入院が長引いてしもたんよ！　息子さんに注意しとかんと。甘いもんは禁止ですって！」

ナースが手にしていたのは、ヒロタのシュークリームの四個入りで、一つはカスタード、もう一つはチョコレートだ。

ルミ子はナースに見つからないように、それぞれを黒いビニール袋に包んで冷蔵庫で冷やし、こっそりと食べていたらしい。

「ほんま、頭痛いわ。息子さんも調子ええというか、愛想はええけど、注意してもすぐに忘れはるんよね」

「確かに、シュークリームは困りますねぇ」

シュークリームの写真が印刷された箱を受け取りながら、婦長さんが溜息をついた。ふっくらとした、割烹着《かっぽうぎ》姿のお母さんのような表情で。

「ちょっと、事務さん」

「あ、はい」

ルミ子の担当ナースが仁王立ちしていた。

「もしかしたら、面会の人が持ってきたんかもしれへん。菓子折りの紙バッグ持ってる人がおったら、さり気なく注意してな」

「はい。分かりました」

窓口に置かれた面会者名簿を手に取る。

そこには入院患者の名前の他に、面会に来た者の氏名、男女の別、年齢まで書く事になっていた。

何気なく頁《ページ》を繰っていると、カズちゃんの名前が目に入った。

最近の日付から遡《さかのぼ》って、面会者を確認して行く。商店街で古くから商売をしているルミ子らしく、顔が広いようだ。入れ替わり立ち替わり、大勢の面会者が訪れていた。カズちゃんは進と一緒に、何度か見舞いに訪れていた。

十喜子はいつしか、若い女性がいないか探っていた。

だが、見舞いに来た女性のほとんどは中高年で、カズちゃんを除くと、親戚《しんせき》と思《おぼ》しき二十歳《はたち》の女性が一人いただけだ。デスクの引き出しを開け、過去の面会者名簿を取り出してみたが、同じだった。

今のところ、進と行動を共にしている女性はカズちゃんだけのようだ。

──あかん。しょうむない事を考えたらあかん。

細かい字を追っていたせいか、ルミ子の入院時まで遡った後は、目がじんじんとしていた。

面会簿を元に戻し、気持ちを切り替えようと電卓を叩《たた》くが、すぐに集中力が途切れる。

ついに十喜子は席を立った。

時刻は十一時二十分。

「すみません。ちょっと気分が悪いので、先に休憩してきます」

声をかけると、婦長さんが心配そうに十喜子の顔を覗き込んだ。

「どうかしましたか？　顔色が悪いですよ」

「貧血気味みたいで、朝からちょっとフラフラして……」

実は、昨日は一睡もできなかった。

「早退しますか？」

心配してくれる婦長さんに申し訳なく思う。

「少し休めば、治ると思います」

病院通用口から外に出ると、風が冷たかった。カーディガンの前をしっかりと閉じ、向かいのマンション出入り口まで急ぐ。休憩室を兼ねた更衣室には、まだ人の気配はなかった。

十喜子は羽織っていたカーディガンを脱ぐと、畳の上に横になった。そして、頭からカーディガンを被《かぶ》る。

（カズエ、進ちゃんと寝た事あるねんで……）

悪意が固まったようなカズちゃんの声が、べったりと頭の何処かにこびりついて離れない。

何よりも、そんな言葉に傷ついている自分が嫌でたまらない。

——私、別にあの人の彼女でもなんでもないもん。

結局、進には「用事を思い出したから」と嘘をついて、逃げるように「リリアン」を後にした。とてもじゃないが、洋服を選んでもらうような気分ではなかった。

進は、「ほうか」と呟いただけで、引き留めもしなかった。

——察してくれても、ええんとちゃうん？

カズちゃんの態度や悪意に、十喜子が傷ついた事に。

それとも、自分が進の厚意を勘違いしてしまったのだろうか？　進はカズちゃんや他の女性にも同じように接していて、十喜子もその中の一人でしかなかったのかもしれない。

色んな考えが、十喜子の頭の中を駆け巡る。それでも横になっていると急激に睡魔が襲ってきて、意識がぼやけてきた。起きているのでも、眠っているのでもない。暫くそんな曖昧《あいまい》な感覚に身を委ねていると、間もなく現実に引き戻された。

共用廊下で、人の声がしていた。

腕時計を見ると、ちょうど正午を差している。微睡《まどろ》んでいたのは、ほんの十五分ほどだったが、随分と頭がすっきりしていた。

がちゃがちゃっとドアが開けられ、同時にわっと声がなだれ込んでくる。看護補助の仲良しトリオ、「かしまし娘」と呼ばれている、リーダーにボス、ザーマスの三人だった。

「あの脚の骨を折ったお爺《じい》ちゃんの介助、二人がかりやないと無理やな」とリーダーが言えば、「身体《からだ》はよぼよぼやのに、口は達者やさかいなぁ。もっとしっかり支えろとか、痛いからそこ持つなとか、うるさい、うるさい」とボスが答える。

ザーマスは眉間《みけん》に皺《しわ》を寄せて、「あぁ、腰が痛い」と呟いている。

今日は週に三度あるお風呂《ふろ》の日で、病棟は朝から慌ただしかった。

入浴の介助を終えた三人に、「お疲れさまです」と挨拶《あいさつ》する。

「ほんま、お疲れさんやわ。午後から、まだ後半戦があるけどな」

「入浴の日は一日、戦争や。おとろしぃ」

そろそろコートが必要な季節だというのに、三人とも顔を上気させ、淡いブルーの制服の襟や腋《わき》は汗に塗《まみ》れ、今にも身体から湯気が立ちそうだった。

「はい。事務さんにも飴《あめ》ちゃん」

リーダーが、半紙に包んだ物をぽんと放《ほう》り投げてきた。

包みを広げると、黄金糖だった。

砂糖と水飴だけで作った四角柱の飴で、口に放り込むと優しい甘さが広がる。

「私が子供の頃は、うちの近くに工場があってね。商品を作る時にできた欠片《かけら》をただで貰えたんよ」

「リーダー。それ、いつの話なん？　年がバレんで」

弁当が広げられ、賑《にぎ》やかなお喋《しゃべ》りの輪が出来上がる。

「皆、良かったら食べて。婿の実家が農家やから、いつも大量の米を送ってきてくれるねん。事務さんもどう？」

ボスに呼ばれて、十喜子も昼食の輪に入れてもらう。

重箱の中には俵型に結び、帯のように海苔《のり》が巻かれたおにぎりが、ぎっしりと詰められている。中に具は入っていないが、お米が美味《おい》しいのと塩加減が絶妙なせいか、唸《うな》るほど美味しかった。

「こういうお米を食べると、日本に生まれて良かったて思うわぁ」

リーダーは目を細めて、次々とおにぎりをほおばってゆく。その細い身体の何処に入るのかと思うぐらい、よく食べる。

「こっちのおむすびは、三角に握らないの？」

ザーマスが珍しいものを見るような目を重箱に向けていた。

「あんた、元は東京やった？」

「神奈川だけど……」

大阪人にとって、あの辺りはひっくるめて東京なのだ。

「海苔に味がついてて、びっくりするのよね」

向こうでは、焼き海苔で包むのが普通だと、ザーマスが言う。

「味付け海苔で包んだ方が美味しいでしょ？」

「何か調子が狂っちゃうのよねぇ。野暮ったいというか……」

悪気はないのだが、ザーマスはいちいち言わなくても良い事を言い、時々周りを苛々《いらいら》させている。

「さっきから聞いてたら何やのん？　私が作ったおにぎりに文句でもあるん？」

「まあまあ、ええやない。関東と関西の違いという事で。たとえば、『たぬき』ゆうたら、こっちでは甘いお揚げさんを載せた『きつねうどん』をお蕎麦《そば》に変えたのんやけど、向こうでは天かすを載せたうどんの事なんやで」

「うわぁ、ケチくさい。うどんが蕎麦に化けるから、たぬきでええやないの」

せっかくリーダーが険悪な雰囲気を和まそうとしたのに、ボスがまた余計な事を言う。

ザーマスの眼鏡のレンズが光った。

「違うわよ。天ぷらの『たね』を抜いた『たね抜き』という意味で、『たぬき』って言うのよ。つまり洒落《しゃれ》。粋《いき》じゃやない」

二人の言い争いは平行線で、まるで狐《きつね》とたぬきの化かし合いのようだ。

「あぁ、もう。キリないいなぁ」

十喜子に向かって、リーダーが苦笑いをして見せた。

「それより、お孫さん、小学校には機嫌よう行ってんのん？」

リーダーは巧みに話を変えた。皆、孫がいる年齢だから、自然と話が盛り上がる。

「うちの孫の学校、今、ちょっと困った事になってってね。校区に押し売りが出没するねん」

業者が校区内の小学生がいる家に訪れ、安くない教材を売りつけようとするらしい。

「子供に一人で留守番させてるから、絶対に開けたらあかんって言うてあるねんて」

「何で、子供がおるって分かるんやろ？」

「そんなの、家を見れば分かるわよ。子供用の自転車が何台も置いてあったり、干してある洗濯物とかで」

「せやけど、電話で営業かけてくる業者もおるねん。学校で作ってる住所録を見て、かけてきてるんやろか？」

「住所録を売る業者もおるみたいね。名簿屋。娘が学習塾でパートの事務員してるんやけど、名簿屋から色んな学校の名簿を買《こ》うて、ダイレクトメールを送ったり、電話して営業かけるみたい」

「それはかなんわ。せやけど、いざという時の為に、住所録がなかったらなかったで困るけど……」

美味しいおにぎりとお喋りのおかげで、十喜子も少し元気が出た。

たとえプライベートで嫌な事があろうと、今は仕事中だ。洗面所の冷たい水で顔を洗い、心も身体もきりりと引き締めた。

「事務さん、大丈夫？」

ナース・ステーションに戻ると、心配した婦長さんが声をかけてきた。

「はい、もう大丈夫です！」

婦長さんは何か言いたそうな顔をしていたが、「平気です」とガッツポーズをとってみせると、納得したように表情を和らげた。

「あまり、無理しないで下さいね。辛《つら》かったら、点滴を打ちますから」

いざとなれば薬を出してもらえるのだから、病院勤務の身は本当にありがたい。

——さあ、午後からはバリバリ仕事するで！

引き出しから伝票と電卓を取り出すと、コストの計算を一気に終わらせた。

合間に、医局から電話がかかってきて「誰それのカルテを持って来い」とか、外来から「主治医に診断書ができてるかどうか確認してくれ」とか用事を言いつけられ、その度に作業の手を止めなければならなかったものの、午後四時過ぎには、あらかた仕事は終わっていた。

「ふうっ。疲れた……」

一息ついていると、デスクに置いた電話が鳴った。

外線の呼び出し音だ。

外からの電話は、通常は外来に繋《つな》がるのだが、電話が塞《ふさ》がっている時は、自動的に病棟に回される事になっていた。

「はい。万代病院です」

だが、相手は名乗りもしなければ、用件も言わない。

「もしもし？」

暫くの沈黙の後、相手の息継ぎが聞こえた。

『そちらの病院にいる沢井十喜子……』

いきなり、自分の名前を出され、驚いた拍子に「え？　私の事ですか？」と言っていた。

相手が息を呑《の》むのが分かった。

「もしもし？　ご用件は何でしょう？」

電話は唐突に切られた。

——変なの……。

首を傾《かし》げながら受話器を戻した途端、再び電話が鳴ったからギクリとする。

今度は外からの電話ではなく、伝票を催促する電話だった。

「すぐ行きます」

書き上げた伝票を揃《そろ》えてクリアファイルに入れ、小走りで階段まで向かう。階段脇にある談話室から漏れ出る煙草《タバコ》の臭《にお》いの中を突っ切り、三階から一階まで駆け下りる。

職員がエレベーターを使用できるのは、患者の付き添いや搬送の時だけで、通常は階段を使うのが決まりだ。

「あぁ、ちょうどええとこに来た」

事務室に入ると、湯呑茶碗《ゆのみぢゃわん》を手にした事務部長に「こっちへ来い」と隅へ連れて行かれる。

「あんた、誰か付き合うてる人がおるんか？」

「は？」

「これや、これ」

親指を立てて見せる。

ふと、進の事が頭をかすめたが、あれが恋愛関係と言えるかどうかも分からない。

「特に付き合ってる男性はいませんけど」

「ほんま？」

探るような目で見られ、冷たい汗をかく。

「何か、噂《うわさ》になってるんですか？」

「ほんまに何もないんか？　ちょっと前から、ちょいちょい電話がかかってくんねん」

「誰からですか？」

事務部長はごくりと唾《つば》を飲み込んだ。

「それが名乗らへんのや。女の人が、いきなりあんたを名指しして、人の亭主にちょっかいかけとるて言うらしいわ」

「え、え、えぇぇーーー？」

十喜子は今さっき、偶然にも自分を中傷する電話をとってしまったのだ。

自ら名乗ったから、相手はすぐに電話を切ったが、もしそのまま聞いていたら、聞くに堪えないような事を言われていたのだ。

「電話をとった職員から『沢井さんに聞いてくれ』とか言われててんけど、イタズラ電話やから気にすなと言うといたんや。高校を出たばっかりのあんたが、まさか『金妻《きんつま》』みたいな事してるとは思われへんし。せやけど、こう頻繁やと……」

自分達には縁のない話だと言いながら、母や千恵子と一緒に視《み》ていたホームドラマまで引き合いに出され、十喜子の頭は混乱していた。

四

帰宅すると、ちょうど御飯が炊けたところだった。

「お帰り」と振り返りながら、母は流しの下の棚から親子鍋を取り出した。

既に薄く切った蒲鉾《かまぼこ》が用意され、俎板《まないた》には笹《ささ》切りにした青葱が山を作っていた。カウンターには、新たに買ってきた卵のパックが見える。

今夜は木の葉丼《どん》だ。

「私はきつねうどんで」

聞かれる前にリクエストしていた。

木の葉丼の時には、味噌汁《みそしる》の代わりに温かいうどんか蕎麦を食べるのが、沢井家の決まりだった。

「私、丼《どんぶり》はいらんわ。たぬきだけにして」

三六五日、ダイエットしている千恵子は、相変わらず太るのを気にしている。

「気になるんやったら、東京風のたぬきにしといたら？」

「何、それ？」

今日の昼休みの看護補助トリオの言い争いを聞かせる。

「甘いお揚げさんより、天かすの方がカロリーが少なそうやん」

「それは寂しい。あ、そない言うたら、同じクラスに親が北海道出身の子がおるけど、親子丼は卵と鶏やなくて、鮭《さけ》とイクラらしいわ」

「いやぁ、美味しそう！　お母ちゃん。今度、それ作って！」

赤い宝石のようなイクラが御飯の上に敷き詰められ、そこにピンク色の鮭が横たわる図を思い描き、涎《よだれ》が出そうになる。

「あれ、意外としつこいよ。おまけに量が多い。お母ちゃん、新婚旅行で北海道に行って食べた事あるけど、全部食べられへんかった。イクラはちょっとだけ食べるからええの」

喋りながらも、母はボウルに卵を割り入れ、ちゃちゃちゃちゃっと白身と黄身を切るように菜箸を動かす。

親子鍋に張られた出汁が良い匂《にお》いを漂わせ、隣のコンロでは沸騰した湯の中でうどんが温められている。

「いただきまーす」

蒲鉾と青葱を玉子で綴《と》じた丼は、親子丼ほどの満足感はないものの、玉子丼よりは贅沢で、うどんのお供にはこれぐらいがちょうど良かった。

「聞いてよ、今日、気持ち悪い事があってん」

病院に変な電話があった事を、母と千恵子に聞かせた。

身に覚えがなかったし、事務部長が言うように、性質《たち》の悪いイタズラ電話だと思い込もうとした。だが、時間が経つにつれ、誰かの悪意が自分に向けられているのを感じて、怖くなってきた。

「ほんまに身に覚えないねんな？」

「当たり前やん。私が人の旦那《だんな》さんを取るように見える？」

「そんな度胸があったら、とっくの昔に彼氏できてるよな」と、千恵子が茶化す。

「あんた、誰かと揉《も》めてないんか？　何か人の恨み買うような事したとか」

母の眉間に、皺が一本寄っていた。人を疑う時の癖だ。

「そんなん、ある訳ないやん」

進学したブリ子やアラレはサークル活動とかで、他の大学の学生と交流し、着々と友人知人を増やしていた。だが、十喜子の人間関係は中学高校の友人とバイト関係、職場である万代病院が全《すべ》てだ。

「自分で気づいてないとこで、恨まれてたりするで。たとえば患者さんとかどうや？」

「私の仕事は事務やから、ドクターやナースさんみたいに、医療行為はせえへん。用件を伝えるぐらいがせいや」

だから、話を聞いてもらえなかったとか、態度が冷たいとか、ましてや診断内容が気に入らないとか、採血や処置で痛い思いをさせられたなどといった理由で、恨まれる事もない。

「もちろん、ナースさんと喧嘩した事もない」

ドクターに至っては、ろくに口を利いた覚えすらない。

「恨まれる時っていうのは、ほんま理不尽な理由がったりするさかいなぁ。あんまり気にせんとき」

「気にするも何も、電話の声に聞き覚えがないねん」

あの声は中学高校時代の友人ではないし、職場にいる誰かでもない。

「考えられるとしたら、あとは男絡みやな……。あの人の、昔の彼女とか？」

千恵子が思わせぶりな事を言い出したから、「チェちゃんっ！」と制していた。

母がはっとしたように反応する。

「十喜子！　あんた、もしかして変な男の人に関わってるんとちゃうやろね？」

「お母ちゃん。私、女子校育ちで、周りに男の友達もおらんのよ」

千恵子はと見ると、そっぽを向いてテレビに気を取られた振りをしている。

だが、千恵子のセリフから、ある女性の存在が鮮やかに浮かびあがってきた。

――もしかして、カズちゃん？

カズちゃんの態度を見ていれば、進が自分以外の女性と親しくするのが気に入らないのが分かる。十喜子を進から遠ざけようと、職場にあらぬ噂を流して、追い出そうとしたとしても不思議ではない。

だが、病院にかかってきた電話の声は、カズちゃんでもなかった。

――もう、訳が分からへん。

母は黙り込み、千恵子までもが口を噤《つぐ》んでしまったせいで、ダイニングは異様な緊張感で張り詰めていた。そんな中、唐突に電話の音が聞こえてきたから、ぎくりとした。

「また無言電話とちゃうん？　もう、気持ち悪いっ！」

千恵子が大袈裟《おおげさ》に騒ぐ。

「私がとるわ」

十喜子は立ち上がっていた。

ダイニングを出ると、玄関に向かって廊下が伸びている。白熱灯が一つ点《とも》るだけの薄暗い廊下の先、玄関の手前に電話台があり、耳障りな音をたてている。

「もしもし？」

受話器を耳にくっつけ、相手の気配を探る。

「……」

「もしもし？　お宅、どなた？　もしかして、カズちゃん？」

暫《しば》しの沈黙の後、「十喜子ちん？」と返事があった。

肩から力が抜けた。

アラレだった。

「何や、アラレか……」

「どしたの？　めちゃくちゃ怖い声」

「ごめん、ごめん……。ここんとこ、無言電話が続いてたから……。久し振りー。元気にしてた？」

母と千恵子が様子を窺《うかが》うようにこちらを見ていたから、手でＯＫマークを作り、暫しアラレとの会話を楽しんだ。

「アラレやったわ。人騒がせな……」

電話を終えてダイニングに戻ると、母と千恵子が額を突き合わせていた。

「十喜子、ちょっとそこに座り」

またもや母が怖い顔をしている。

もしや、進の事を喋ったかと思い、千恵子を睨《にら》んだ。

「ほんまに私、身に覚えないからね」

だが、そうではなかった。

「さっきはお母ちゃん、気にしいねって言うた。せやけどな、その電話をかけてきた人、十喜子が職場に居辛くなるようにしてるんやで。という事は、相当恨まれてるで。あんた……」

千恵子が後を続けた。

「今な、もしかしたら、うちに無言電話をかけてきたのん、お姉ちゃんの職場に電話してきたのと同じ人なんとちゃうん？　て言うとってん。でも、それやったら何で両方の電話番号を知ってるんやろ？」

母がこちらを見る。続いて千恵子も。

「お姉ちゃん。高校時代の友達で、職場の電話番号を知ってる人って誰？」

「ブリ子とアラレにしか教えてへん」

「学校の先生やったら、両方知ってるわな？」

「チエちゃん。何で、先生が私に嫌がらせをするん？」

「分からんで。ずっと気に入らん生徒やったんかも」

「私みたいな地味な生徒に、目ぇつける暇な先生はおらんわよ」

「ほんなら、どっかから連絡先が漏れてるんやな」

ふと、看護補助トリオの会話を思い出した。

(電話で営業かけてくる業者もおるねん。学校で作ってる住所録を見て、かけてきてるん

やろね)

「あ……」

「どないしたん？　何か思い出した？」

――職員名簿……。

万代病院で働き始めてから、十喜子も含めて新しく入った職員の連絡先を加筆した職員名簿が配られた。

バッグに入れっぱなしになっていた名簿を取り出し、何かの答えを探すようにパラパラと名簿を繰った。

半分ほどめくったところで、手が止まった。

「高林さん……」

四ケ月前に退職した彼女の名が、目に飛び込んできた。逆に、何故《なぜ》、今まで彼女に思い至らなかったのだろう。

「誰なん？　それ」

「職場で盗みを繰り返してたナースや。それだけやない。自分の罪を、同僚の新人ナースになすり付けようとしてたんや」

「うわ、えげつなぁ」

千恵子が嫌悪感を露《あら》わにした。

あの時、進とルミ子が一芝居打ってくれたおかげで、高林ナースの罪が露わになり、土居ナースも十喜子も濡《ぬ》れ衣《ぎぬ》を着せられずに済んだ。

自業自得だし、十喜子が彼女を追いやった訳でもないから、本当なら十喜子に害が及ぶはずはない。

だが、自分を退職に追い込んだのが進だと気付いて、その進と十喜子が親し気にしているのを何処かで知って、嫌がらせを始めた可能性は考えられる。

「高林さんやったら、職員名簿を持ってるから、私の自宅の電話番号も簡単に調べられる」

職場に嫌がらせの電話をかけ、同時に自宅に無言電話をかけてくるのも可能だ。

「何で今頃になって……」

高林ナースが退職したのは、もう四ケ月も前だ。

「そんなん、新しい職場で上手《うま》い事行ってへんかったりしたら、やっぱり腹立つんちゃうん。辞めさせられたんは、あいつらのせいや……て」

「でも、電話の声、高林さんとも違《ちご》てた気がする」

「バレへんように、他の人にやらせてるんやん」

千恵子が勢いづく。

「自分の罪を人になすりつけよかっていう人や。それぐらいはやりかねんで」

五

「とーきーこちゃん」

小さな声がして顔を上げると、進が立っていた。

ちょうど電卓で計算中だったので、すぐに俯《うつむ》いて仕事を続ける。

「今、忙しい？」

「はい」

俯いたまま返事する。見なくても想像できる。捨てられた子犬のように、しゅんとした進の顔が。

その時、誰かが十喜子の背後に迫ったかと思うと、勢い良く窓口から顔を突き出した。

「中村さんの息子さんですね？　困りますよ！」

ルミ子の担当ナースだった。

「お母さまは現在、体調管理の為に食事を制限されているんですよ。それなのに、こんな砂糖の塊のようなお菓子を持って来て……」

ヒロタのシュークリームの箱を、進の顔の前に突き出す。

「え、嘘ぉ。知らんでぇ」

「知らん事ありません。お母さん、冷蔵庫の奥の方に隠してました」

「確かにヒロタのシュークリームは、おかんの好物やけど、俺《おれ》やない。誰か見舞いの人とちゃうんけ？」

二人が言い合っている間に席を立ち、外来、医局と順に回って雑用を片付けて行った。

三十分ほど経ってから外科病棟へと戻り、そっとルミ子の部屋を覗く。

進がいて、ルミ子と何やら喋っていたが、その内容は菓子箱の事ではなく、「リリアン」の売り上げと家賃についての話だった。

気付かれないうちに、そっと退く。

ナース・ステーションに戻ると、婦長さんが十喜子のデスクの電話をとっていた。留守にしている間に電話が鳴っていたようだ。

だが、様子がおかしい。何やら神妙な顔をしている。

婦長さんは十喜子の姿を認めると、はっとしたように目を見開いた後、ゆっくりと身体の向きを変えた。そして、電話を切ると、そそくさとナース・ステーションを出て行った。

「待って下さい。すみません」

急いで、後を追いかける。

振り返った婦長さんの顔は引きつっていた。

「今の電話、外線ですよね？　女の人が、……私の悪口を言ってませんでしたか？」

婦長さんの唇が、ぎゅっとすぼまる。

「すみません。婦長さん。最近、身に覚えのない事で、私を中傷するような電話がかかってきてるらしいんです。事務部長から聞いてませんか？」

途端に、婦長さんの全身から緊張が解けた。

「もう、びっくりさせないで……」

「相手の人、何て言うてました？」

躊躇《ためら》う婦長さんに、「大丈夫です。何を言われても平気です」と言う。

「……沢井さんが人の家庭を騒がせてる。そんな風に言ってましたよ」

「どんな声の人でしたか？」

「さぁ、どんなって言われても……。頭が真っ白になってしまって……」

多少の事では動じないベテランの看護婦が、驚いて何も考えられなくなるのだ。身に覚えがないとは言え、申し訳なく思う。

「もしかして、高林ナースの声じゃなかったですか？」

「違いますね」

いつも通り、きっぱりとした口調が返ってきた。

「じゃあ、ハスキーな声とか……」

「そんな特徴のある声ではなかったですね。ただ、関西の人じゃない気がします」

——まさか、看護補助のザーマス……な訳ないか。

ちょうど、件《くだん》のザーマスが目の前を横切って行った。両手に交換したシーツを抱えている。

今は午後の遅い時間だ。

こないだ十喜子が電話をとったのも、同じぐらいの時間帯だから、ザーマスが関わっているとは考えづらい。

「何か対策を考えないといけませんね。あまりに頻繁だと、こちらで警察に相談するとか……。沢井さんさえ良ければ、看護部長に打診してみますね」

ぽんぽんと肩を叩かれ、仕事に戻るように言われる。

十喜子はデスクに放り出したままの書類をまとめ、カルテの束を抱えてナース・ステーションを出た。

——婦長さんは簡単に警察に言うた方がええって言うけど……。

院内で窃盗《せっとう》が横行していた時ですら、院長は病院の評判が落ちるのを嫌って内々でもみ消そうとしたのだ。直接、危害を加えられた訳でもないのに、動いてはくれないだろう。

それどころか、このままだと十喜子は、退職に追い込まれる可能性があった。

への字に唇を結んだまま談話室の前を通りかかると、いきなり扉が開いた。

進だ。

ここで煙草を吸っていたらしい。

会釈だけして階段を降りると、進もついてきた。

「どないしてん？　俺、何か悪い事した？」

答えないでいると、進が続けた。

「黙ってたら、分からへんがな」

「何で、私に構うんですか？　岸本さん、カズちゃんと付き合うてるんでしょ？」

思い切って直球を投げてみたが、進は不審そうな顔をした。

「ええ、いきなり何で？　カズちゃんは幼馴染《おさななじみ》というか、妹みたいなもんや。子供の時から知ってるから、女として見た事ない」

「……」

「だいたい、カズちゃんには本命がおるんや。配達に来た製粉所の息子が、カズちゃんに一目《ひとめ》惚《ぼ》れしてな。『電話一本で夜中でも車を出してくれる』とか、『何でも買うてくれる』とかノロけとった。取引先の跡取り息子やさかい、カズちゃんとこの親も喜んどるやろ。このまま結婚して欲しいと思てるんとちゃうか？」

だったら何故、十喜子に対抗心を燃やすのだろう。

黙っていると、「もしかして妬《や》いてる？」と顔を覗き込んできた。

十喜子の言葉は、単に進を喜ばせただけだった。

「知りません」

そう言い放って踊り場まで駆け下りると、ちょうど階段を上がってきた女性がいて、出会い頭にまともにぶつかってしまった。

手にしたカルテや書類がバラまかれ、ばさばさっと階段を滑り落ちて行く。

十喜子は咄嗟《とっさ》に手すりに摑まって事なきを得たが、相手はバランスを失った拍子に足を踏み外し、階段の下に滑り落ちてしまった。

床に小花柄のワンピースの裾《すそ》が広がっていた。

急いで駆け寄り「大丈夫ですか？」と声をかける。手で片方の膝《ひざ》を押さえている。階段から落ちた拍子に何処かにぶつけたようだ。

「誰か呼ばないと……」

左右に目をやると、女性の荷物が辺りにばらまかれていた。

ハンドバッグからはハンカチやポーチ、文庫本が飛び出し、離れた位置に落ちている紙バッグからは、お見舞いの品らしい箱の中身が見えていた。

「あ、もしかして、中村ルミ子さんのお見舞いの方ですか？」

セロファンで包まれた細長い箱に、ヒロタのロゴ。ルミ子が隠れて食べていた、ヒロタのシュークリームだ。

うずくまっていた女性が、ゆっくりと身体を起こす。

「動かないで下さい。今すぐナースを呼びますので。あ、私は職員の沢井と申します」

制服の胸ポケットにつけた名札を見せながら言うと、女性ががばっと顔を上げた。

「……沢井？　沢井十喜子？」

相手の顔を見ていた。

驚くほど綺麗な顔をした女性だった。

ただし、見覚えはない。何故、この人が自分の名前を知っているのだろう？

その時、「裕美《ゆみ》、お前……」と頭上から声がした。振り仰いだ途端、十喜子ははっとした。

困り果てたといった顔で、進が女性を見下ろしていたからだ。

その進が言った。

「お前、いつまで俺の周りをウロウロするつもりや？」

六

ルミ子が退院した後、翌日には新たな患者が入院してきて、ルミ子のベッドを埋めた。同時に、進との淡い交流も終わった。

文字通り、師走《しわす》はあっという間に過ぎ去り、年末年始を経て、本格的に寒くなった後は、暖かくなったかと思えば、また寒くなるを繰り返し、春が待ち遠しい時期になっていた。

社会人一年目が、そろそろ終わろうとしていた。

十喜子はいつもより遅い、午後五時半過ぎに病棟を出て、私服に着替える為に、道路を隔てた向かいのマンションに向かった。

いつもと何も変わらないはずだった。

違ったのは、進がいた事。

進は煙草を吸いながら、そのマンションの前で待っていた。長い間、植え込みに座っていたのか、周囲には煙草の吸殻が散乱していた。

「俺、東京へ行く」

無視して通り過ぎようとしたのに、思わず足を止めていた。

「音楽で食えるようになりたいねん」

てっきり、会いに来てくれたと考えた自分のおめでたさに、十喜子は気が付くと笑っていた。

何処まで自分は自惚《うぬぼ》れていたのか。そして、進が会いにくるのを待ち焦がれていたのかを思い知らされた。

笑われたと勘違いしたのか、むっとしたように進は言った。

「見送りに来て欲しい」

渡されたメモには、進が乗る事になっている新幹線の時刻が記されていた——。

新大阪駅のホームでは、見送りの人達が窓越しに手を振る姿が目につき、別れを惜しむ恋人達の姿もあった。

「こんなん言えた義理やないけど……。待ってて欲しい。すぐに、呼び寄せるから……。俺、十喜子のこと……」

そう言って、進に両手で肩を摑まれたが、十喜子は無言で撥《は》ね付けた。

「千恵子はまだ高校生やし、お母ちゃんも私を当てにしてます……」

二年前に働き手を亡くした沢井家では、母と十喜子が二人で家計を支えていた。

「せやから、岸本さんの気持ちには応《こた》えられません」

「裕美のせいか？」

進の目を見たまま「そうです。許せません」と答えた。心の中で――。

岸本裕美は進の妻だった。

まさか、大学生の進が結婚しているとは思わずにいたから、面会簿で名前を見つけた時は、てっきりルミ子の別れた夫方の親戚、進の従妹《いとこ》か何かだと思っていた。

ただ、夫婦関係はとっくに破綻《はたん》し、既に別居していた。それでも、法律上は正妻だ。裕美は進と別れるつもりはなかったから、進に近付く女性は裕美にとっては泥棒猫であり、「人の家庭を騒がせている」のだ。たとえ、彼女が固執している進との家庭が体をなしていなくてもだ。

進が裕美と結婚したのは、まだ十喜子が万代病院で働き始める少し前、立春とは名ばかりの、春もまだ遠い時期だった。

裕美は同じ大学の後輩にあたり、熊本県に実家のある彼女は親元を離れて下宿していた。だから、付き合い始めてからは、自然とお互いの部屋に泊まるといった、半同棲《はんどうせい》状態になっていた。その事実を知った裕美の父親が「嫁入り前の娘に……」と激怒し、「それなら結婚してしまえ」とばかりに、二人は入籍したらしい。

だが、そんな短絡的で幼い結婚生活は、あっという間に破局を迎えた。

「このままで終わるのは嫌や。そない思たんは、裕美と一緒になった後やった」

隣のホームで発車を知らせるベルの音が鳴り響き、進の声に重なった。十喜子の顔も、自然と強張《こわば》ってゆく。

いざ落ち着いてみると、進にとって結婚生活はあまりに退屈過ぎた。卒業は迫っていたが、まだ夢の途中という感覚で、卒業と同時に身を固める気も、元からなかったのだろう。

「自分をごまかされへんし、裕美も俺と一緒におると不幸や。せやから、俺は……」

泣いて縋《すが》り付く裕美を置き去りにして、身の回りの持ち物を詰めたボストンバッグ一つとギターを手に、家を出た。

結婚生活は、たったの三ケ月。

当然、裕美は納得できない。

だが、元々二人の仲に反対していた裕美の両親は、進が新居を出たと聞くや大阪に来て、ルミ子を交えて話し合いの場を設けた。

進の気持ちは裕美から離れていたし、親同士は金銭でかたをつけて離婚する事を取り決めた。

ただ一人、進に未練があった裕美だけが納得できずにいた。離婚届けに判子をつかず、「復縁したい」と迫ってきたと言う。

「当然やろ」と、十喜子は裕美に同情した。

頭上でアナウンスが響いた。発車の時刻が迫っていた。

もう、話す事はないはずなのに、十喜子はぐずぐずとホームにいた。完全に立ち去るタイミングを逃してしまった。

「あの……」

聞こうかどうか、ずっと迷っていた事が口から滑り出た。

「私の何処がええんですか？」

見た目は平凡だったし、ブリ子のようにスポーツが得意だったり、人より秀でたものがある訳ではない。別にそれでいいと思ってきたし、抜きん出た存在になりたいと思った事もない。

「せやなぁ……。しいてゆうたら、白い御飯みたいなところや」

「え？　御飯？　御飯って、お米の事ですか？」

「そうや。御飯は偉い。色んなもんを受け止められるし、具を混ぜたり、味付けでそれ自体がおかずにもなる」

その時、発車を知らせるベルが鳴り響いた。

「ほな」

ギターをひょいと担ぐと、片手で十喜子を抱きかかえた。

——え？

だが、抱擁《ほうよう》は一瞬で終わり、気が付いた時には、目の前でドアが閉まっていた。

こちらに向かって笑いかけてくる進が、ゆっくりと、そして確実に遠ざかって行こうとしていた。

——待って……。

新幹線が動くのにつれ、十喜子も歩く。

笑顔で手を振る進が、やがて見えなくなった。

耳元で千恵子の声が聞こえた気がした。

（後から泣いても遅いんやからね）

七

進が旅立って暫くした頃、岸本裕美が自宅を訪ねてきた。

休日の朝、二階の自室で朝寝していると、母から「お客さんやでー」と呼ばれた。てっきりブリ子かアラレだと思い、パジャマにガウンを羽織った恰好《かっこう》のまま階下に降りたら、相手が裕美だったから慌てた。

裕美はペコリと頭を下げたものの、無言だった。

話が長くなる。

そう考えて、「ちょっと待ってて」と言いおいて、二階で外出用の服に着替えた。

着替えながら、十喜子の自宅の場所を知っているという事は、やはり進に送ってもらった時に後をつけられていたのだろうと考える。という事は、無言電話をかけてきたのも裕美だという事になる。住所と名前が分かれば、ＮＴＴの番号案内や電話帳で電話番号を調べられる。

——お母ちゃんに言うとかんと。電話帳に載せるなって……。

女ばかりの世帯なのだから、不用心な話だ。

同時に、裕美を哀《あわ》れに思った。

自分はそうはなりたくないとも。

「この辺、ろくに喫茶店もないから……」

ご近所の顔見知りがいる喫茶店に連れて行きたくなかったので、裕美を川へと誘う。

四月とは思えない寒さだった。

水は鈍く光り、その灰色に濁った水面《みなも》越しに、ボラの子供が泳ぐのが見えた。

風が吹き付け、身体は冷える一方なのに、裕美は黙ったままだ。「熱いコーヒーが飲みたいな」と思った。意地を張らずに、駅前の喫茶店にでも行けば良かった。

しょうがないから、十喜子の方から喋りかける。

「岸本さんは、私とこにはおりませんから」

「じゃあ、何処にいるんですか？」

抑揚のない声が返ってきた。

「さぁ、音楽をやりたいから東京に行くと言うてましたけど、連絡先も分かりません」

何も決めないまま、進は旅立って行ったから、今、何処にいるのか、その住所や電話番号など何も分からない。

「でも、連絡ぐらいあるんでしょ？　あの人から……」

「たまに……」

何処かの公衆電話からかけているようで、それもお金がかかるからと長話はできない。

「だったら、あの人に伝えて下さい。離婚届に判子をついてお義母《かあ》さんに渡したから……

と」

思わず、裕美の顔を見ていた。白いワンピースが似合いそうな、その清楚《せいそ》な顔を。

裕美は、弱々しく笑った。

「分かったんです。待ってても時間の無駄だって。それに、お義母さんが申し訳ながって、わざわざ電話をかけてきて、謝ってくれました。すぐに全額は無理だけど、お義母さんが代わりに慰謝料を少しずつ払うって。沢井さんにも申し訳ない事をしてしまって……。あの人の事、どうかよろしくお願いします」

頭を下げられて、慌てた。

「え？　私もいりませんよ。そんな借金背負ったような人」

裕美は顔を上げ、困ったように十喜子を見た。

「好きなんでしょう？　あの人を……」

「……いいえ」

裕美が寂しそうに笑った。

「沢井さん、しっかりしてるんですね。私は、あの人の普通と違うところが、魅力的に見えたんです。振り回されるのも楽しかった」

川の流れを見ながら、何処にいるか分からない進へと思いを馳《は》せた。

――今頃、くしゃみしてそうやな。だいたいスナックやバーでギターを弾いてたぐらいで、東京で通用するんやろか？

十喜子にとって歌手とは、テレビの公開収録番組「スター誕生！」のようなオーディションに挑戦して、そこで勝ち残るような人のイメージだった。

子供の頃に好きだった「花の中三トリオ」の山口百恵《やまぐちももえ》や桜田淳子《さくらだじゅんこ》、森昌子《もりまさこ》、そして、岩崎宏美《いわさきひろみ》、男性なら城《じょう》みちるもそうやってデビューしたはずだ。

昨日まで素人だった普通の少年少女が、瞬く間にスターになれる番組は、当時、小学生だった十喜子や千恵子の胸をワクワクさせ、千恵子など高校生になってもアイドルになる夢を諦《あきら》めていない。

だが、いずれは自分が星ではなく、ただの小石だという事実に気付くのだ。

スターになれる人というのは、素人の頃から普通の人とは違い、抜きんでた才能の片鱗《へんりん》を発揮しているものだ。たとえば、素人のど自慢大会の常連だとか、地元だけでなく周辺の学校にまで名前が轟《とどろ》くほどの何らかを持っているとか。

十喜子は進のギターはおろか、歌声を聞いた事もない。「いつか聞かせる」と言いながら、結局は十喜子の前でギターを取り出す事もなかった。

そんな十喜子の思いを見透かしたように、裕美が言った。

「多分、すぐに帰って来ますよ。あの人……。知り合って三年になるから、あの人の性格は、私の方がよく分かってます」

そう言う裕美は、十喜子に陰湿な嫌がらせをしたとは思えない、何か憑《つ》き物が落ちたかのような清々《すがすが》しい表情をしていた。


そして、一ケ月後。

裕美が予言した通り、十喜子は「フクちゃん」で進と再会する事になる――。

目が合うなり、進は気まずそうな顔をして、そそくさと逃げ出そうとした。

十喜子は思わず呼び止めていた。

「思ったより、はよ帰ってくる事になってしもて……」

進は俯くと、言い訳がましく何やらブツブツ言い始めた。

新幹線に乗った進が見えなくなった時の、あの心もとなさを思い出していた。

――私、自分で思ってるより、この人の事が好きなんやろなぁ。

十喜子は、自分を御飯だと思う事にした。

どんな強い味でも受け止め、調和させてしまう真っ白な、そして力強い御飯。

「えーっと、そういう訳やから、そのぅ……」

「はい。お帰りなさい」

はっとしたように、進が顔を上げた。見る間に、その顔に笑みが広がってゆく。

「ただいま」

進は嬉《うれ》しそうに言った。

十喜子、十九歳の春だった。

恋心はソースに絡めて

一

「いらっしゃあい」

「いらっしゃいませー」

住吉鳥居前商店街の純喫茶「ひまわり」に入ると、カウンターに立つマスターと、コーヒーを運んでいたママから同時に声がかかる。

十喜子の前を歩く進は、マガジンラックから新聞を抜き取り、いつもの奥のテーブルに座る。カウンターの前を通る時、「暑いなぁ」とマスターに声をかけている。

「俺《おれ》、レーコー」

注文を取りにきたママに、メニューも見ずに言う。

付き合い始めた頃《ころ》は、この後に「自分、何する？」と聞いてくれたのが、いつしかなくなった。何となく急《せ》かされているようで、当時はそんな風に聞かれるのが嫌だった。だが、何も言われないのも寂しい。

いくら好き合った仲でも、三年も付き合えば会話は少なくなる。そんな風に実感する今日この頃だった。

メニューを前に悩んでいると、ついに進が不機嫌そうな声を出した。

「おい。悩むほどの事か？　さっさと決めろや」

実際、冷たい飲み物はアイスコーヒーかアイスティー、もしくはレモンスカッシュぐらいしかない。

「どれも今の気分やないねん」

「はあ？」

「冷たいだけやなくて、甘くてこってりしたもんが飲みたい」

「お前、ここは『ひまわり』やぞ？　そんな贅沢《ぜいたく》なもんあるかい」

十喜子を呼ぶ時に「自分」ではなく、「お前」に変わったのはいつだっただろうか？

いつまでもぐずぐず考えていると、テーブルの傍《そば》で辛抱強く待っていたママが笑い出した。

「分かるわぁ。私も無性にマックシェイクが飲みたなる時ある。疲れてんねんな？　十喜子ちゃん」

ママは十喜子の母親とさして変わらない年だというのに、アップにした髪を包むようにエルメスのスカーフで巻き、イヴ・サンローランのTシャツに細身のジーンズといった装いで、女優かモデルみたいに完璧な化粧をしている。

ママが内緒話をするように囁《ささや》いた。

「メニューには載せてへんけど、アイスミルクやったらできるよ。冷たい牛乳にシロップを入れて飲むねん」

「それ！　私、それにします」

進は「けっ」と言いながら、スポーツ新聞を開いた。

「牛乳に砂糖やって、女の考える事は分からん」

「進くん。私もあんたの事がよう分からん。やっと就職したかと思ったら、ぷいっと辞めてしもて……。それも『旅行に行きたい』とかいう理由で……」

ついこないだまで、進はリュックサックひとつで飛行機に乗り、一ケ月かけてポルトガル、スペイン、フランスと旅していた。

「大学時代の連れが声かけてくれたんや。スペインは物価が安い。せやけど、それもバルセロナオリンピックが始まるまでの話や。行くんやったら今のうちやて言われてな。おまけに、普通のツアーでは行かれへんような場所まで見学できるて聞いたら、行くしかないやろ」

三つ年上の進は二十六歳になっていたが、大学を卒業する時も就職活動はせず、「ミュージシャンになりたい」と言って上京したかと思えば、すぐに戻ってきたり、集中的にアルバイトを掛け持ちしてお金を貯《た》めては、ふらっと旅に出るような事を繰り返していた。

二十五歳となった昨年、紹介してくれる人がいて、ようやく正社員登用してもらえたというのに、そこも半月ほどで辞めてしまった。

「あの会社、これまで一ケ月で辞めたんが最短記録やったらしい。半月でケツ割った奴は初めてやって言われたわ。俺は記録を更新したんや」と自慢げに言われた時、身体《からだ》から力が抜けた。

そろそろ結婚も考えないといけない年齢なのに、肝心の相手がこれなのだ。

いや、こういう相手と分かっていて付き合い始めた自分が悪いのだ。

「いらっしゃーい」

「いらっしゃいませぇ」

扉が開いて入ってきたのはスーツ姿の男性と、「辰巳商店」のハッピを来た男性だった。

「げっ、嫌な奴《やつ》に出くわしてしもた」

進は新聞で顔を隠したが、遅かった。

「そこにおるのは進ちゃんやないか？　おや、彼女さんもご一緒で」

そして、スーツを着た男性と一緒に、隣のテーブルについた。

「行くで。おい、十喜子。さっさとせえ」

立ち上がりかけたところに、ママが注文の品を運んできた。

「お待たせー」

「タイミング悪いわっ！」

仕方なく座り直す。

カウンターからマスターが身を乗り出した。

「龍郎くん。ちょうどええとこに来てくれた。コーヒー用の砂糖を切らしてしもたんやわ」

マスターが「ｃｏｆｆｅｅ　ｓｕｇａｒ」と印字された袋をひらひらとさせた。

「うっかり業者に頼むの忘れてな。今から注文かけたら、届くのは明日以降になるさかい、それまでの間、もたさんとあかんねん。後で持って来てもらえるか？」

「今すぐ取ってきまっさ。一キロほどでよろしいか？」

辰巳はハッピの裾《すそ》を翻すと、小走りで駆けて行った。そして、一キロ入りの砂糖を二つ手にして、戻ってきた。

「思いの他、お客さんがようけ来たり、荷物が遅れるいう事もあるんで、念の為《ため》、二つお持ちしました」

請求書と一緒にカウンターに置くと、自ら袋を破り、カウンターやテーブルに置いたシュガーポットに、粗目《ざらめ》状の砂糖を補充し始めた。

「助かるわぁ」と、ママが感心したように言う。

二年ほど前、辰巳は会社を退職し、住吉鳥居前商店街にある「辰巳商店」の跡を継ぐ為《ため》に戻ってきた。元は営業部で管理職として辣腕《らつわん》を振るっていたらしいが、辰巳は少しも偉ぶる事はなく、身軽に動き、腰も低い。

そして、跡取り息子が戻ってきてから、「辰巳商店」は隣の店舗を買い取って改修、規模を拡大し、置いている商品も日用雑貨だけにとどまらず、食料品にまで広げていた。そのうち支店を出すのではないかと、もっぱらの噂《うわさ》だ。

　進は、そんな辰巳のツテで、「辰巳商店」に商品を卸している業者に就職したものの、先述のようにあっさりと辞めてしまっていた。辰巳は顔を潰《つぶ》された形になった訳だ。

　砂糖の袋を手に、辰巳が十喜子達のテーブルに来た。

「あんさん、ワタイが紹介した仕事、半月で辞めてしもたんやて？」

　先ほどの愛想の良さは影を潜め、別人のように視線が冷たい。

「すんません。龍郎さんには悪いと思たんやけど……」

「お母ちゃんかて、心配してはるんやで。はよ落ち着いて、孫の顔を見せたげんと……。なぁ、彼女さんも、そない思うやろ？　見たところ、そろそろ結婚適齢期と違いますか？　彼氏がいつまでたーっても『フーテンの寅《とら》さん』みたいな事してるんや。ええ加減落ち着いて欲しいわなぁ」

　母からはこないだ、「お見合いしてみいひん？」と言われ、断ったところだ。

　結婚を考える年頃だと言われても、誰《だれ》でもいい訳ではない。進と一緒になるのが自然なのだろうが、結婚したからと言って、進が急に真面目《まじめ》に働くとは思えない。

　さすがに、音楽で身を立てたいとは言わなくなったが、友人が主催する演劇に出演したり、思い立ったように道具を揃《そろ》えて陶芸を習い出したり、かと思えばふらりと旅に出てしまう。

何かやりたいのは分かるが、それが十喜子との将来に繋《つな》がらないのだけは確かだった。

「いらっしゃーい」

「いらっしゃいませぇ」

新たな客は、常連の浦田《うらた》さんというおばさんだった。まだ六十歳ぐらいだろうに、杖《つえ》をついている。

「おばちゃん。久し振り。将司《まさし》は元気にしてるか？」

進は駆け寄って、浦田さんの為にカウンターの一番端の席を片付け、椅子《いす》を引いてやっている。

「ありがとう。まー君はずっと家におるから、いつでも遊びにきてや」

「そうか。遠慮なしに、今度遊びに行くわ」

「あの子も喜ぶわ。進ちゃんの事が、ほんまに好きやさかいな」

進と同級生だという将司、浦田さんの言う「まー君」という息子を、十喜子は未《いま》だに見た事がない。進も調子の良い事を言っているが、浦田さんの家に遊びに行ったような話は聞かない。だから、十喜子は将司の事を、秘《ひそ》かに「幻の息子」と呼んでいた。

「おーい、進ちゃん。まだ話は終わってへんでー」

そう辰巳が言うのも構わず、浦田さんの隣に座って楽しそうに会話を始めた。

「あんさんも苦労すんなぁ」

十喜子に向かって溜息《ためいき》をつく辰巳に、苦笑いせずにはいられなかった。

二

七月某日、午後六時過ぎ。

「こっちやでー、こっちー」

十喜子を見つけて大きく手を振るブリ子は、ビッグマンの真下に立っていた。

ビッグマンとは阪急梅田駅構内にある紀伊國屋《きのくにや》書店、その玄関横にある大きなモニターの事だ。待ち合わせの名所でもあり、いつも大勢の人で溢《あふ》れ返っているから、かえって待ち合わせの相手を探すのに苦労する羽目になる。

だが、十喜子は滅多にキタで遊ぶ事もなく、梅田辺りにくると、途端に方向音痴になる。だから、待ち合わせ場所はいつもビッグマンにしてもらう。そこが十喜子が迷わずに辿《たど》り着ける、唯一の場所だからだ。

ブリ子の傍には、アラレと男の子が三人。

スポーツマンタイプの背が高い男の子はブリ子の、白いTシャツ姿で眼鏡をかけた子はアラレの彼氏だ。

男性アレルギーを克服したアラレは、ようやく彼氏いない歴二十三年を脱し、三人で祝ったのもつい最近の事だ。

そして、その四人の傍に、所在無げに立っている青年がいた。

十喜子はさり気なく視線を移し、その男性を見た。

髪を短くし、白いポロシャツにチノパンという、小ざっぱりとした、清潔感のある外見だった。十喜子と同い年という話だが、ずっと大人っぽく見える。

彼は今日、十喜子と引き合わせる為に連れて来られた。

——趣味はテニス。好みの女性は浅野《あさの》温子《あつこ》。そんな感じの人やな。

さらさらのロングヘアをなびかせた、すらりと背の高い、ファッショナブルな女性が似合いそうな雰囲気で、十喜子は気後れした。

「この子、諸口《もろぐち》圭介《けいすけ》くん。ケイちゃん、これが私の高校時代からの親友、沢井十喜子。とりあえず、行こか」

「ちょっと、ちょっとぉ……」

お互いの名前を教えただけで、ブリ子は歩き出した。

先頭をブリ子達、その後ろをアラレ達のカップルが歩き、圭介と十喜子は並ぶような形で、その後に付く。

圭介はポケットに手を突っ込んだまま、俯《うつむ》き加減に歩いた。仕方なく、十喜子も最初は黙っていたが、やがて沈黙に耐えきれず話しかけていた。

「今日は、ちょっと暑いですね」

圭介はちらと十喜子を見た後、「ですね」と返し、また黙り込んでしまった。

――こういう時、進くんやったら「ほんま暑いなぁ、かなんで」とか調子合わせてくれて、そこから会話が転がってゆくのに……。

そんな事を考えていると、唐突に圭介に話しかけられた。

「……沢井さんって、こっちの人なんですか？」

口調に、聞き慣れないイントネーションが混じっていた。

「うん。大阪……というか堺やけど、ずっとこっち。諸口さん、大阪の人と違いますよね？」

「……」

「えーっと、どちらから……」

「島根です。田舎《いなか》。何もないとこです」

「え、そんなに田舎でしたっけ？　あ、えーと、確か大きな神社があったような……」

咄嗟《とっさ》に、その神社の名前が出てこない。

「……」

圭介も反応が鈍く、調子が狂う。

相手が進だったら、とりあえず「は？　何それ？」と返してくれただろう。そして、そこから会話が転がって——。

——あかん。あんな奴の事は忘れるんや。

「ほら、島根県にある有名な神社。何でしたっけ」

自然と十喜子の口調も改まってしまう。焦っていると、アラレが振り返って助け舟を出してくれた。

「十喜子ちん。それ、出雲大社《いずもたいしゃ》じゃないでしゅか?」

「そう。それ!」

「あぁ。でも、うちとは反対方向なんで」

会話はそこで終わってしまった。

「はーい。ここだよー。屋上ビアガーデン。晴れて良かったね!」

駅構内にあるビルの、エレベーター前には、既に行列ができている。今日は花火大会がある日だからか、予約を取るだけでも大変だったとブリ子は言う。

ビールはほぼ全員が中ジョッキを頼んだが、ブリ子だけは大ジョッキを注文していた。

そして、枝豆に始まって、唐揚げにフライドポテト、焼きそばがテーブルに並ぶ。

焼きそばは特盛りで、「あ〜ん、美味《おい》しいけど青海苔《あおのり》が歯にくっつくー」と言いながらも、ブリ子の手は止まらない。慣れているのか、彼氏は特に突っ込む事もなく、アメリカンドッグに嚙《かじ》り付いている。

皆の口の周りをソースで汚しながら、瞬く間に焼きそばはお腹《なか》の中に消えた。

ただ、一人だけ手を伸ばさなかった者がいる。

圭介だ。

「焼きそば、あんまり好きじゃないんですか？」と聞くと、「うん、まあ……」と返ってきた。何か言いかけたので耳を寄せた時、パンパーンと音が鳴り響いた。

「始まった、始まったー」

まだ日は暮れきってはいなかったが、高層ビルの間から花火が上がるのが見えた。

「川の傍は偉い人やろねぇ」

「あ、また上がったよ」

そのうち、空は薄紫色の夕焼けに包まれた。

夜になる間際の、夏らしい空の色だ。

そして、辺りが暗くなると同時に、繁華街のイルミネーションが花火にとって代わり、夏の宵を彩り始めた。

三

進とのデートは、最近はもっぱら住吉大社近くにある洋食屋か食堂で昼御飯を食べながら、予定を決めるところから始まる。

十喜子が色々と提案しても、進は面倒臭がる。大抵は阪堺線で天王寺まで行き、アポロビルで映画を観《み》た後、近くのジャズバーか、ドイツ料理の店で一杯飲むのが常だ。

それが、今日は興味を惹《ひ》かれる映画もなく、いつもお昼を食べる店がことごとく貸切になっていたり、臨時休業していたりで、それなのに進は食事をする場所を探す様子もない。仕方なく、二人で住吉大社駅周辺をぶらぶらと歩いていた。

付き合い始めの頃は、一緒に歩くだけでも嬉《うれ》しかったが、もうそういう時期は過ぎた。貴重な休日を何故《なぜ》、目的もなく歩くだけで潰《つぶ》さなければならないのか？　苛々しているうちに、不穏な雰囲気になった。

「まだ次の仕事、決まらへんの？」

十喜子がつい、そう口にしたのが発端だった。

「煩《うるさ》いのぉ。お前は俺のおかんか。仕事なんかせんでも、暫《しばら》くは何とかなるんじゃ」

さっさと先に行くのを、小走りになって追いかける。

「ならへん。生きて行くのに、お金が要るんよ」

「金なんか何処《どこ》にでもあるわ。その気になったら……」

スロットを回す仕草をする。

「また！　あれだけパチンコは止《や》めてと言うてんのに！」

「おう、何じぇい、俺がパチンコでお前に迷惑かけた事あるか？　勝った時は気前よう奢《おご》ったたはずや」

「そういう問題とちゃうでしょ？」

往来で立ち止まり睨《にら》み合う。

そんな二人を振り返りながら、人が通り過ぎて行く。

「ほんなら聞くけど、お前は俺に何をしてくれたんや？」

「こうやって心配してるやないの！」

「それはお前が勝手に不安がってるだけや。俺の心配をしてるんとちゃうやろ」

「酷《ひど》い！　そんな言い方ないでしょ？」

「せやから、心配してくれんでええっちゅうねん！」

「ええ加減にして！」

「お前、もういらんわ！　いねや！」

吐き捨てるように言って、進が踵《きびす》を返そうとした時――。

「邪魔やわぁ」

突然、近くで女性の声がして、進が「げっ！」と変な声を出す。

「道の真ん中で何やってんのんな？」

百メートル離れた場所からでも目を惹きそうな恰好《かっこう》の女性が、腕組みして立っていた。

パーマをかけた髪は扇形に広がり、オフショルダーの豹柄《ひょうがら》のワンピースの裾が風をはらみ、ひらひらと揺れている。

「み、み、み、みっちゃん」

　進が足しげく通う「ひまわり」の娘だ。

　美千代と進が、千円を貸したの借りたのと揉《も》め、「ひまわり」の店内で大立ち回りをしたのが、五年以上も前。十喜子が美千代を見たのはあれきりだったが、今でも鮮烈に覚えている。

「きょ、今日はえらい綺麗《きれい》やなぁ」

「『今日も』でしょ？『も』！」

「こんな時期に帰省か？」

「大阪とちごうて、東京は今の時期がお盆休みやねん」

　どうやら上京して仕事をしているらしい。

「羽振り良さそうやな」

「見た目だけな。ハウスマヌカンやから、店の服を着んとあかんねん。七掛けで買えるけど、給料は全部、洋服代で消える。やってられへん」

「要は服屋の店員やろ？　それでゆうたら、うちのおかんかてハウスマヌカンじゃ。というか、今はもうハウスマヌカンとはゆわんで」

　美千代は、ちらと十喜子を見た。

「新しい彼女？」

「『フクちゃん』でバイトしてた子や。別に深い意味はない」

恋人だと紹介してくれない進に、十喜子は傷つく。

美千代は「は？」と言いながら、一歩踏み出した。

「道の真ん中で大喧嘩《おおげんか》してんねんから、意味ない事ないでしょ。普通の間柄やったら、そんな事せえへん」

「深読みすな」

「分かった。この子からお金を借りて、返済で揉めてたんやろ？」

「みっちゃん、その辺にしとけよ」

凄《すご》む進に、美千代は顔色一つ変えずにハンドバッグを振り上げると、進の頭のてっぺんに落下させた。

「うわ！　痛いやないけ！　何さらすねん」

「聞いたで。大番頭はんの顔に泥を塗ったんやって？」

大番頭はんというのは、辰巳龍郎の事だ。

親の後を継ぐ為に戻って来た後は、実質的には彼が「辰巳商店」を回していたが、まだ先代は現役だ。そういう訳で、従業員の中で一番偉い人という意味で、自らを「大番頭でございます」と名乗っている。

　商店街の老人は「龍郎くん」と子供の頃と同じように接していたが、面白がって「大番頭はん」と呼ぶ者もいた。

「相変わらず地獄耳やなぁ。何で東京におるのに、こっちの事情に詳しいねん」

「私には強力な情報網があるんよ」

　喫茶店では皆、好き勝手に噂話をする。当然、マスターとママも情報通で、自然と娘である美千代の耳に入るという、簡単なからくりだ。

「進、あんたに話がある。ちょっとおいで。……あ、待てっ！」

　十喜子を置き去りにして、進は一人で走り去った。

「相変わらずしゃあないやっちゃな。逃げ足ばーっかり速い」

　美千代は舌打ちすると、今度は十喜子に向き直った。

「あんたも苦労すんなぁ」

　その言葉に「またか」と思う。

　もう何人もの人から、何度も同じ事を言われた。十喜子自身が一番分かっていたが、他にこれといった出会いがなかったのもあり、流されるまま三年が過ぎた。

「私、お腹空《す》いてるねんけど、付き合うてくれる？」

　美千代からの誘いに、「え？　あ、はぁ」と間の抜けた返事をしていた。

「決まりやな」

だが、行き先は「ひまわり」だった。

「変な店に行くより、結局、ここで食べるのが一番ええねん。ただいまー」

勢い良くドアを開ける。

忙しい時間帯は過ぎたのか、銀色の盆を胸に抱いたママが、カウンターに身体を預けるようにして、テレビを見ている。「新婚さんいらっしゃい！」が流れていて、お決まりの桂三枝《かつらさんし》が椅子から転げ落ちる場面が映っていた。

ママは美千代に気付くと、さっと背筋を伸ばした。

「美千代！　帰ってくるんやったら一言連絡してって、あれほど……。あら？」

娘を叱《しか》り飛ばそうと迎え出たママは、後ろに続く十喜子に目を留めた。

「何で？」

二人の組み合わせが、余程意外だったようで、娘と十喜子の顔を交互に見る。

「そこで会《お》うたんや」

ちゃんと説明しないまま、美千代はひょいとスツールに腰かけると、カウンターに肘《ひじ》をつけた姿勢で十喜子を見る。

「ええっと……。とりあえず名前教えて」

「沢井十喜子です」

「十喜子ちゃんやな。十喜子ちゃん、横に座り」

隣のスツールを手で叩くと、母親であるママに向き直った。

「何か適当に作ってー」

「マスター。何か適当に」と、そのままママが復唱する。

「はいよぉ」

声だけ聞こえてくるマスターは、今、カウンターの裏で何か炒《いた》めているようだ。ジャーッという音と共に美味しそうな香りが店内に漂っている。

「オムライス一丁上がり」

ママがマスターから受け取った皿を、ママがテーブルに運んでゆく。

「はい、おまたせ」

新聞を読んでいた客は、紙面から目を離さないままスプーンから紙ナプキンを剝《は》がすと、ぽちゃんとコップにつけた。そして、スプーンの背でケチャップを全体に広げると、薄焼き卵にスプーンをざくっと入れる。

湯気が立ち上り、見るからに美味しそうだ。

「ひまわり」のオムライスは、小さく切った鶏肉《とりにく》にグリーンピース、みじん切りにした玉ねぎをケチャップで炒めたのを、薄焼き卵で包んである。

使っている材料は同じなのに、母が作るのとは何処か違った。その一つが薄焼き卵だ。向こうが透けて見えるほど薄い卵焼きでチキンライスを包むのは至難の技で、まず家庭では作れない。

「私は、オムライス下さい」

それを美千代が遮る。

「ええから、私と同じのにしとき」

暫くして運ばれてきた皿には、オムライスとミートスパゲティ、ハンバーグにポテトサラダが一緒に盛られていた。パセリを散らしたコンソメスープも、別に添えられている。

「大人のお子様ランチやな。いただきます」

十喜子にスプーンを渡しながら、美千代が笑う。

小さいものの、オムライスはちゃんと「ひまわり」の味になっている。

ミートスパゲティは麺《めん》を絡めた後、ソースの水分を飛ばすように炒めているのだろう。やはり市販品の缶詰をかけただけの物とは違った。

そして、ハンバーグは自家製のタネを焼いた後で煮込んであり、噛《か》むとデミグラスソースと肉汁が口の中に溢れ出し、白い御飯が欲しくなる。

ケチャップとミートソース、デミグラソースと交互に食べた後、塩辛いコンソメスープを一口飲むと、舌から各種ソースの味が消え、また新たな気持ちで次の料理を食べられる。

水や味噌汁《みそしる》では、完全に口の中のソースを拭《ぬぐ》い去る事はできない。

美千代は立ち上がると、今度は白い御飯を二人分、ライス用の皿に盛りつけて戻ってきた。

「腹が立った時は、とりあえず食べる。食べて寝たら、腹立ちも収まる。お母ちゃんからは『言いたい事は明日ゆえ』って、よう注意された。私は思った事、すぐに口にするさかいな。とりあえず、御飯食べてから言おうかどうか、考えるようになった。……あ、お父ちゃん、レーコー淹《い》れて。ええと……、同じのでええ？」

「私はホットで」

「マスター、ホットも」

「悪いけど、自分で淹れて」と返ってきた。

美千代はスツールから滑り降りると、カウンターの中に入ってアイスコーヒーとホットを手早く作る。

そして、自分で運んできた。

「あいつの手ぇやで。これと目ぇつけた女にそーっと近づいて、いつの間にかぬるっと自分のペースに巻き込むんや。責任とるのが嫌やから、肝心な事を言葉にもせえへんし、約束もせえへん。最後は女が泣くねん」

「それ、進くんの事ですか？」

往来でのやり取りを、すっかり聞かれていたようだ。

「よっしゃ。お腹も膨れたし、今からルミ子さんとこ行こ」

東京から帰ったばかりとは思えないほど、美千代のフットワークは軽い。人の流れをすいすいと縫うように歩き、瞬く間に見失った。

「こっち、こっちぃ」

美千代は「リリアン」の前で手を振っていた。

長い髪にふわふわとパーマをかけた美千代の隣に、以前よりふくよかになったルミ子がいて、おまけにイギリスのダイアナ妃みたいなツバの広いハットを被《かぶ》っているから、二人で三人分ほどの場所を取っていた。

店頭にはセール中の札がベタベタと貼《は》られ、ハンガーラックには「どれでも千円」というPOPと共に見切り品が吊《つ》るされている。

「いやぁ、十喜子ちゃん。久し振りやないの。進とばっかり遊んでんと、うちの店にもたまには顔出してよ」

進とはあまり似ていない顔を、ルミ子はほころばせた。

「十喜子ちゃんに似合いそうな服、また仕入れといたんよ。見て見てー。これからの季節にええで」

ルミ子はいつも自分の娘のように十喜子に接してくれるし、十喜子も慕っているのだが、うっかり店に顔を出すと、「十喜子ちゃんに」と、何処にも着て行けそうにない服を勧められるので、不義理を続けていたのだ。

「おばちゃん、こんな大人しい恰好してる子に、そんな暴走族みたいな服を勧めたらあかんやろ」

ルミ子が手にしている、紫のサテン地に竜の刺繍《ししゆう》が入ったブラウスを指さす。

「そうか。可愛《かわい》いと思うんやけどなぁ……。あ、そうや。みっちゃん。あんたにぴったりの服がある」

気を取り直したように、胸元にスパンコールで薔薇《ばら》が描かれたロングTシャツを、ルミ子は手に取った。

「みっちゃんは顔立ちが派手やから、これぐらい派手なんで丁度ええんちゃう?」

「え、そう?」

「合わせるとしたら、黒のスパッツやな。これは細かいラメが入ってるさかい、普通のとは一味違う。照明でキラキラ光るから、ディスコに着て行ったらええ。で、こっちのキルティングのチェーンバッグを斜めがけにしたら、お洒落《しやれ》やん。このバッグ、シャネル風でええやろ? 私も持ってるねん」

美千代がとっくに相槌《あいづち》を打つのをやめているのに、ルミ子は店内に飾ったバッグやアクセサリーを選び始めた。

「服が派手やから、アクセサリーは控え目にして……と。この金のブレスレットと、イヤリングだけにしとこか」

十喜子の目から見たら、少しも控え目に見えない太いブレスレットと、耳が千切れそうな大きなイヤリングを取り出してきた。

「まぁ、ちょっと考えとくわ。それより、おばちゃん。進はこの子の事、どない考えてんの？　仕事も辞めてしもたらしいやないの」

途端に、ルミ子の表情は曇った。

「え、やっぱり辞めてしもてたん？」

「やっぱりって、おばちゃん、知らんかったん？」

「なーんも喋《しゃべ》らへんし、聞いても面倒臭そうにするし……。そうか、続かへんかったんや……。しゃあないなぁ」

「しゃあないなぁやないでしょ。おばちゃんが、きっつーうに言わんと。辰巳さんに恥かしたんやから、ここで商売してるおばちゃんが肩身の狭い思いする事になるんよ」

「そんな事あらへん。私の方が昔から、ここで商売してるんや。荒もん屋の二代目ごときに、大きな顔はさせへん」

「しっかりしてよ、おばちゃん。『辰巳商店』は、息子の代になって支店を出そかっていう勢いなんよ。荒物だけやなくて、食料品にも手を伸ばして……」

「あそこの先代は、私に借りがあるんや。せやから、息子も私に足向けて寝られへんはず。辰巳がなんぼのもんや。うちの進には、もっと相応《ふさわ》しい職場があるはずや」

美千代は「あかんわ」と呟《つぶや》き、十喜子の顔を見た。

進はルミ子の自慢の息子であり、そんな息子が人様に迷惑をかける訳はない。悪いのは周りだと考えているのだ。

裕美と離婚する際にさんざん揉めて、少しは懲りたはずなのに、喉元《のどもと》過ぎれば何とやらなのだ。

四

『何でやのん？　ケイちゃんは十喜子を気に入ったみたいやし、断る理由なんかないでしょ？　お勤めしてる会社もしっかりしてるし』

ブリ子の声が漏れ聞こえたようで、ちょうど通りかかった母が「何事か？」という顔でこちらを振り返った。

「ちょっと待ってな」と断り、コードレスフォンを持って自室に籠《こも》った。

「だいたい、あの人が私の何を気に入ったんかが分からへん」

一緒に行動している間に喋った事はと言えば、出雲大社の話だけだ。それも、ろくに会話は弾まなかった。

『初対面やったら、そんなもんでしょ。大阪の男の子を基準にしたらあかん。何べんも言うけど、ケイちゃんの会社はお給料はええし、福利厚生もしっかりしてる』

「それと本人の魅力は別でしょ？」

『ちょっと！　十喜子は例の彼氏に毒され過ぎてる。結婚を前提に付き合うんやったら、調子のええ事ばっかり言う人より、ちょっとぐらい内気でも、堅実な人の方がええんよ！』

思わず耳から受話器を離した。

「せやから、いきなり結婚なんか考えられへんって」

『へぇ、三年も付き合ってて、ひとっつも結婚の話が出えへん人の方がええんや』

「そういう訳やないけど」

進がバツイチなのは、ブリ子にも話していない。そのせいで、結婚に臆病《おくびょう》になっている事も。

それに、圭介には悪いが、何か相容《あいい》れないものを感じるのだ。それが何かを説明しろと言われると、できないのではあるが。

『十喜子、そんな調子やったら一生結婚でけへんよ』

女性は今が旬《しゅん》で、二十五歳を過ぎたら「売れ残りのクリスマスケーキ」と呼ばれるのだと、お見合いを勧めてきた母親と同じ事を言う。

『クリスマスを過ぎたら、誰もクリスマスケーキなんか買わへんよね？』

「別に売れ残ってもええわよ。私にはブリ子もアラレもおるんやし」

『呆《あき》れた。私は売れ残るつもり、ないわよ』

「え、ほんなら、今の彼と結婚するん?」

『うん。プロポーズされたし』

頭を殴られたような衝撃を覚える。

『もしもし、十喜子? 聞いてる?』

「……ちょっと、びっくりした」

『呑気《のんき》やなぁ、十喜子は。こないだ会社で一期下の子が寿退社したから、私もあんまり居心地ようないんよ』

寿退社とは、結婚が決まった上で退職する事で、女子社員が最も祝福される形での退職なのだと言う。

「そうかぁ。ナースは結婚しても仕事続ける人が多いし、中にはシングルマザーで頑張ったはる人もおるから、そういう話を聞いてもピンとけえへんわ」

『それは、旦那《だんな》さんが甲斐性《かいしょう》ないからでしょ? うちの会社の人らは、結婚したら奥さんには仕事を辞めてもらいたいっていう人ばっかりやよ。週に三日のパートですら嫌がってはる。自分の稼ぎが悪いと思われるからって……。それが、男というもんやないの?』

「そうかなぁ……」

ブリ子の言う事は分からないでもないが、あまりに物の見方が狭いように思えたし、外で働きたい女性だっているだろう。

『とにかく、十喜子はあの変な彼氏とか、職場の環境に影響され過ぎてる。ちょっと目先を変えた方がええよ』

そんなやり取りの末、圭介と再会する事になった。

圭介が予約を入れた店で昼食をという話だったが、ビッグマンで待ち合わせた後、そこから阪急神戸線《はんきゅうこうべ》で県を跨《また》ぐ羽目になったから驚いた。

——昼御飯を食べるのに、何処まで行くん？

降りた駅には雑居ビルなどもなく、川沿いには松と桜の並木が続き、周辺には低層のマンションや上品な住宅街が広がっていた。

そこは関西でも有数の高級住宅街にほど近い場所で、行き交う車も、十喜子の行動範囲では目にする事のない外車ばかりだ。

連れて行かれたのは、半地下のレストランだった。三階建てのビルの植え込みに隠れるように窓が設《しつら》えてあり、中で食事をしている人達を見る事ができた。

ドアを開けると、きっちりとタイを締めたサービス係が近づいてきて、予約の確認をした上で二人をテーブルに案内した。

Gパンこそ穿《は》いてこなかったものの、今日、十喜子が着ているのは、三年前に買ったワンピースで、何となく値踏みされているようで落ち着かない。

十喜子に渡されたメニューには値段が書かれておらず、おまけに「プレゼ」とか「コンフィ」とか、聞いた事もないような料理が並んでいたから、注文は圭介に任せた。

前菜はサラダ仕立てで、その隙のない盛り付けのせいで、味が分からない。

そっと窺《うかが》うと、圭介がレタスを食べるのに苦労していた。折り畳もうとしているが、どうしてもできない。

高校時代に、ホテルで開催されたマナー教室で、確かサラダのレタスをナイフで切って食べるのはお行儀が悪いと教わったのを思い出した。圭介は、そのマナー通りに食べようとしていたが、苦労して折り畳んだレタスをフォークで突き刺し、口元に運んだと思ったら、口に入れる直前に葉が開いてしまい、ソースをまき散らしてしまった。

顔を真っ赤にして、膝《ひざ》に置いたナプキンで口元を拭《ぬぐ》う圭介。

十喜子は手を挙げ、黒い服を着た給仕を呼び止めた。

「すみません。お箸《はし》を下さい。二つ」

咎《とが》めるような視線を圭介が送ってきたが、給仕は「かしこまりました」と言うと、すぐにお箸を二膳《ぜん》持ってきてくれた。

箸袋から箸を取り出すと、十喜子は食事を再開した。

「こっちの方が食べやすいよ」

「恥ずかしいなぁ……」

「そう？　でも、お箸で食べている方もいらっしゃるし……」

向こうの方にいた家族連れの中で、祖父母らしき男女が綺麗な箸使いで食事をしていた。空いた座席には、高価そうなバッグが置かれていて、物慣れた様子でサービス係と喋っている。

「あの方達はご高齢だ。僕達とは違う」

「わざわざこういう物を用意してるんやから、お箸で食べたい人は多いと思います」

箸袋には店名が印字されていた。

「私、食べ物屋でアルバイトをしていた事があって、できるだけお客様の要望にお応《こた》えするようにと、店長からは言われてた。もちろん、こんな上品なお店ではなかったけど……。でも、サービス業の基本は同じじゃと思います。せやから、大丈夫よ」

やがて、スープが運ばれてきた。

十喜子が箸からスプーンに持ち替え、何食わぬ顔でスープを飲み始めたのを、圭介が呆《ぼう》然《ぜん》とした様子で見ている。

勘定は圭介が払ってくれたので、十喜子は「ごちそうさまでした」としおらしく言った。

店を出た後、圭介を誘って川沿いの遊歩道を歩いた。

青々と葉を茂らせた桜が植えられ、季節には見事な光景が見られるだろう。

「美味しかったー。ありがとう。私、フランス料理なんて滅多に食べる機会がないから……嬉しい。諸口さんはよく行くん？　ああいう店に」

「……あんまり」

可哀想《かわいそう》なぐらいしゅんとしている。

「ほんなら、好きな食べ物は何？」

「えっ？」

思わぬ質問をされたとでも言いたげに、十喜子の顔を見たまま固まっている。

そんなに難しい質問だっただろうか？

「私は何でも食べるし、好きな食べ物はたくさんあるけど、今の季節だと稲荷《いなり》ずしかなぁ……。酢飯に胡麻《ごま》を入れて、薄揚げで三角形に包んだお稲荷さん」

「稲荷ずしは、四角じゃないの？　蟹《かに》が入って……」

「うわぁ、豪華やねぇ」

「僕んちでは、それが普通だった。母が作ってくれてたんだけど……。でも僕は、あんまり好きじゃなくて、カップ麵ばかり食ってた。ＵＦＯとかペヤングとか」

「あ、焼きそばが好きなん？　私も好きやし、自分で作れるよ。アルバイトで作ってたから。こうやって、鉄板で……」

コテで麵をかき混ぜる仕草をして見せる。

「麵にソースを絡めたら、水分を飛ばすのに大きなコテで万遍なくかき混ぜるから、最初の頃は筋肉痛になって大変やった」

「へ、へえぇ……。美味《うま》そう」

ごくりと唾《つば》を飲んだのを、十喜子は見逃さなかった。

「こないだのビアガーデンでは、焼きそばを食べてへんかったから、あんまり好きやないんかと思った」

「うん……。本当は食べたかったんだけど……」

おニューの白いポロシャツを汚さないかと、気にしていたのだと言う。

きっと、十喜子に会う為に新調したのだろう。そう考えると、彼も十喜子との出会いに期待し、大事に考えてくれていたのだと気付く。

――せやのに、私は……。

第一印象で「面白くない人」と決めつけてしまったのを、激しく後悔していた。

「今度、一緒に焼きそばを食べに行こっか？　汚れても気にならん恰好で」

「……」

「どしたん？　つまんない？」

「あ、ううん。そんな事ない。でも……」

「でも？」

「女性と一緒なのに、焼きそばも申し訳ないような」

「そんな事ない！」

思わず、「進くんとは、いつもそうやで」と言いそうになり、すんでのところで押しとどめた。

「ほんなら、こうしよ。今度は私が奢ります。今日のお返しに」

五

電車の窓から見ると、住吉大社の参道の奥から漏れる光が、まだ明るさを残した夏の空に華やぎを添えていた。

阪堺線は満員で、住吉鳥居前停留場ではいつも以上に人が下車したから、十喜子は押し出される形で電車から降りた。

ステップを降りる時、誰かにスカートを踏まれ、危うく転びそうになる。

一足先に降りた圭介が、バランスを崩した十喜子の身体を支えてくれた。

「あ、ごめんなさい」

自然と圭介の腕に抱えられ、心臓が高鳴る。だが、すぐに人にもみくちゃにされ、そのまま通りへと出る恰好となった。

八月一日。

住吉祭の日、いつもは静かな町が大変な賑《にぎ》わいとなる。

愛染《あいぜん》まつり、天神祭《てんじんまつり》と並んで大阪三大夏祭りの一つだが、住吉祭は大阪の夏祭りを締めくくると同時に、大阪中をお祓《はら》いする「お清め」の役割りがあった。

七月から「神輿洗神事《みこしあらいしんじ》」、「宵宮祭《よいみやまつり》」、「夏越祓《なごしのはらえ》神事・例大祭」が行われ、そして今日、八月一日には住吉大神の御神霊《おみたま》をお遷《うつ》しした神輿《みこし》が行列を仕立て、十喜子が住む堺の宿院頓宮《とんぐう》までお渡りする「神輿渡御《とぎょ》」が行われる。

「でもね、今は車で御神輿を運んでるんよ」

昔は大神輿を担いで住吉大社から堺市の宿院頓宮までを練り歩き、途中、市境の大和川で神輿の受渡式が行われ、大和川の中州で氏子《うじこ》らが入れ替わって神輿が川を渡ったそうだが、十喜子が生まれる前に車輛列となった。

「何や拍子抜けするでしょ？　それでも子供の頃は、紀州街道に御神輿を見に行ったなぁ。あ、何か食べよっか」

今日は住吉大社の境内《けいだい》に、三が日と同様に数えきれないほどの屋台が並び、お化け屋敷や見世物小屋、射的やくじ引きに混じって、食べ物も売っている。

「何がいい？　この後、焼きそば食べるから、ここでお腹を膨らましたらあかんけど……」

焦げた醤油《しょうゆ》の匂《にお》いも香ばしい焼きトウモロコシ、艶々《つやつや》とした見た目にそそられるリンゴ飴、アメリカンドッグに、丸ごとの烏賊《いか》を使ったイカ焼き。それらが競うように軒をせり出し、うっかりしていると行き交う人と肩がぶつかりそうになる。

「あ、たこ焼き」

圭介が指さす方向に、蛸《たこ》の絵が描《か》かれたテントがあった。

人混みを掻《か》き分けながら、そちらに向かう。

たこ焼き器の中には、きつね色に焼けたたこ焼きが並んでいる。八個だけ買って、圭介
と分け合う。

「うわぁ、久しぶりに食べたら美味しい」

「え？　大阪の子って、たこ焼きばかり食べてるイメージだけど」

圭介が驚いたように言う。

「そうでもないよ。あまりに普通にあり過ぎて、わざわざ食べようとは思わへんし」

「『ぼてぼて茶』みたいなものか」

「え？『ぼてぼて茶』？　何、それ。可愛い」

「番茶で作った茶飯。島根の名物らしいけど、食べた事ない」

「案外、そんなもんよね。あ……、せやけど、やっぱりソース味の食べ物は好きやわ。お好み焼きも焼きそばも、あとはウスターソースをかけて食べるコロッケとか……」

「コロッケにはウスターソースだよね？」

同意を求められて、「他に何かある？」と聞く。

「トマトソースとかタルタルソースとか……」

「わ、美味しそう」

「大学時代の同級生がそうだった」

そこで言葉を切る。

「ウスターソースしか知らない人間と、トマトソースやタルタルソースが当たり前の人とじゃ、不似合いだよね……。ねえ、そう思わない？」

真剣な表情で聞かれる。

「諸口さん、もしかして好きな女性がおるん？」

「な、な、何で？」

顔を真っ赤にすると、圭介は目に見えてうろたえ出した。

「すぐにピンとくるわよ。好きな女性の事で悩んでるんやなって。相手はどんな人？　芦《あし》屋《や》に住むお嬢さん？」

先日、連れて行かれた店での光景が蘇《よみがえ》る。

圭介には好きな女性がいるが、自分は相手に相応しくない。そう思い込んでいて、それでも諦《あきら》めきれないのだ。だから、背伸びをしてフランス料理の店を予約するなど、ちぐはぐな行動をしていたのだ。

「正直にゆうて。実は私も、付き合うてる人がおるんよ」

「え？」

「あ、もう終わってるけど……」

往来で「いらんわ！」と言われて以来、進は電話ひとつ寄越《よこ》さない。

「諸口さんを騙《だま》すみたいで嫌やったけど、彼とは元々上手《うま》い事、行ってなかってん。聞いて。ほんましゃあない人で、せっかく勧めた会社はすぐに辞めてしまうし、大学出てからぶらぶらしてるばっかりで、友達が心配して『もっとちゃんとした人と付き合い』って、諸口さんを連れて来てくれた。ほんま、ごめんなさい」

十喜子は頭を下げた。

「せやから、今日は何を言われても怒らへんよ。怒る資格ないし」

圭介の肩から力が抜けたのが分かった。

「僕の方こそ、ごめん。彼女を忘れる為に、君を利用するような真似《まね》をして……」

そして、ぽつりぽつりと喋り始めた。

大学時代から友人として交流を続けている同級生の女性がいて、圭介は彼女に好意を抱いていた。結婚を前提に交際を申し込みたい。だが、自分は結婚相手には相応しくないのではないかと悩んでいるのだと。

「そんな事ないと思う。だって、彼女と同じ大学を卒業してるし、その後もきちんとした会社に就職して、自分磨きもしてる。それって、私から見たら凄い事よ」

だが、圭介は首を振る。

「確かに彼女とは同じ大学だけど、向こうは付属の小学校からの持ち上がり組。聞けば家族と食事に行くレストランも、買物に行く場所も、僕とは全く違う。僕の生まれた街にはデパートすらなくて、子供の頃の遊びと言えば、虫取りや川遊び……。大学に入ったのを機にこっちに来たけど、ちょっと喋っただけで訛《なま》りをからかわれ、田舎の出身だって分かってしまう。こんなんじゃ恥ずかしくて、彼女のご両親に挨拶《あいさつ》できない」

「諸口さん。女性は好きになったら、そんなん気にせえへんよ。それに……」

十喜子は言葉を探った。

「無理をして彼女に合わせせんでも、自分の好きな店に連れて行ってあげたらええやん」

「それが分からないから……。こっちに来て、ガイドブックを見て行った店は、どこも高いばかりで、美味しいのかどうか分からないんだ」

「せやから、今日は私が手始めに美味しいもんを紹介する」

「え、ここで？」

圭介は辺りを見回した。

その視線の先では、たくさんの屋台が美味しそうな匂いをさせていた。

「移動しよっか」

住吉鳥居前商店街の方へと向かう。

角に建つ「フクちゃん」は相変わらずの人だかりで、今日はいつも以上に大盛況だ。

福子は今日、バイトを二人入れていた。

「おおきに！　毎度、ありがとうございます！」

客をさばきながら、福子は五人前ずつビニール袋に入れたキャベツと玉ねぎを鉄板の上に広げ、冷蔵庫から取り出した三センチ程度に切った豚バラを焼き始める。

そして、モウモウと立ち上る水蒸気の中、涼し気な表情でコテを構え、鮮やかな手つきで焼きそばをかき混ぜ、お好み焼きをひっくり返しながらバイトに指示を出す。

注文が入った時にソース、マヨネーズ、青海苔をかけて手渡すのはバイトの役目だ。

三人の息はぴったりで、流れ作業のように商品が客の手に渡って行く。

「いやぁ、十喜子ちゃん」

手が空いたタイミングに声をかけると、福子が歓声を上げた。

「仕事はどうやのん？」

そう言いながらもすばしこく視線を動かし、圭介に会釈する。

「忙しいです。もう勤続五年のベテランやから、今は新人の教育が大変で……」

「閑《ひま》な仕事場より、忙しい方がええわ。それにしても、十喜子ちゃんが教育係かぁ。皆、どんどん大人になるなぁ」

鉄板の上には豚玉とミックス、焼きそばがちょうど一人前ずつ残されていたから、全部包んでもらう。

もう暫く福子と喋っていたかったが、新たな客が並び始めたから、「また」と言って退散した。

夜の公園には提灯《ちょうちん》がかけられ、お祭り気分を盛り上げていた。

（そない言うたら、進くんとは住吉祭に来た事なかったなぁ）

住吉大社の氏子でもある進は当日、青年団の警備の仕事などに駆り出され、一緒にお祭りを楽しんだ事がなかった。

ようやく空いているベンチに座って、お好み焼きと焼きそばを分け合った。

プラスチックの容器に入った焼きそばに、圭介が箸を差し入れる。

「……美味い」

夢中で二口目の麵をすする。

「はい。こっちもどうぞ」

十喜子はお好み焼きを差し出す。

「こっちは豚バラ、こっちには豚の他にイカが入ってる」

圭介はソースが服に飛ぶのも気にせず、美味しそうに食べていた。

「広島焼きもいいけど、ふわふわと柔らかい大阪のお好み焼きもいいね」と嬉しそうだ。

「キャベツを細かく切るのがコツなんよ」

バイト時代に覚えた蘊蓄《うんちく》を披露する。

「今度、彼女をここに連れてきて、ここの焼きそばを食べさせてあげたいな……」

「フクちゃん」を褒められて、十喜子は自分が褒められたような気がした。

「その時は、沢井さんも一緒に……」

上目遣いで見られたから、慌てて手を振る。

「いやぁ、お邪魔やないの」

「大丈夫。彼女はやきもちを焼くような、そんな心の狭い女性やないけん！」

ムキになった拍子にお国訛りが出たから、十喜子もおどけた調子で返した。

「はーい。ご馳走《ちそう》さま」

暮れなずむ住吉公園で語り合った後、圭介を駅まで送って行った。

ダダ混みの阪堺線には懲りたようなので、南海本線の住吉大社駅へと送って行くが、こちらも混んでいる。

「きっと、彼女と上手い事行くと思う」

「うん」

圭介はじっと十喜子を見た。

「あの、僕は……」

何か言いあぐねたように口ごもると、「いえ、何でもないです」と急に改まった口調に戻り、圭介は自動改札機に切符を入れた。

名残惜し気に何度も振り返るのに、十喜子は手を振り続けた。

六

「そっかー。ケイちゃんの奴、やっぱり、まだ吹っ切れてなかったんや」

ブリ子の前には、イチゴ味のソースをかけたフラッペが置かれ、窓からの光を反射してやけに綺麗に見えた。

十喜子はプリンの周りにリンゴやチェリー、生クリームを飾ったプリンアラモードだ。

ここ「ジェイジェイ」は同じ住吉鳥居前商店街にある喫茶店だが、「ひまわり」と違ってデザート類が充実しているせいか、女性客が多い。

隣のテーブルには、白檀《びゃくだん》の扇子で首元を扇《あお》いでいる上品な女性がいて、息子の嫁がどうしたという話をしている。

「酷《ひど》いわー。彼女の存在を知ってて、私に諸口さんを紹介したん？」

「う……ん。腐れ縁に悩んでるモン同士、ちょうどええかと思って……」

「向こうは、まだ友達のままやん。腐れ縁どころか、これからやん。私と一緒にしたらあかんわ」

十喜子は柄の長いスプーンをブリ子のフラッペに差し込み、中のバニラアイスごとかき氷を一口すくいとった。

「メロン、貰《もろ》てええ?」

「ええよー。はい」

手で皮を摘《つま》み、ブリ子のフラッペに載せてやる。

「この店、『ひまわり』と違って、他所《よそ》からのお客さんが多いね」

ブリ子は手を振った。

「地元に住んでる私に言わしたら、『ひまわり』はおっちゃんらの食堂や。いっぺん入った事あるけど、煙草臭《タバコくそ》うてかなん。十喜子はいつもそっち?」

「うん。進くんが『ひまわり』にコーヒーチケットを置いてるから」

「普通、付き合ってる女性を『ひまわり』には連れて行かへんわよ。やっぱり、あの男は十喜子を大事にしてへん」

だが、女性の好みに合わせて「ジェイジェイ」で甘い物を注文する進を想像できなかった。ましてや、フレンチやイタリアンなど、夢のまた夢だ。

「ま、とりあえず縁が切れたんやから、新しい男を探さんとな。私に任しとき。うちの連れの友達に、彼女のおらんのがゴロゴロ……」

いきなり、後ろから「十喜子ちゃん!」と呼ばれた。

「十喜子ちゃん! ちょっと!」

店内を見回すと、入口の戸を開けたまま、ルミ子が外から手招きしている。

「え？　私、まだ食べ終わってない」

逡巡《しゅんじゅん》していると「ええから！　早く！」とルミ子が呼ぶ。

その顔が切羽詰まっており、咄嗟に進に何かあったのだと考えた。

「私はええから。行ったげて」

「ごめん、ブリ子。ちょっと待ってて」

ルミ子と一緒に表に出ると、そのまま引っ張って行かれる。連れられた先は「辰巳商店」の奥にある事務室だった。

辰巳龍郎に、「ひまわり」のママに美千代、商店街の見知った面々の中に福子もいた。

そして、不貞腐《ふてくさ》れた顔の進が、少し離れた場所にいた。

「どういう事やの？　十喜子ちゃん。こないだ他の男と仲良さげに歩いてたって……」

ルミ子の問いかけに、思わず福子を見ていた。

福子は「やれやれ」と言いたげに肩をすくめている。

大方、「フクちゃん」で圭介といるところを誰かに見られ、「ひまわり」で噂になり、ルミ子の耳に入ったのだろう。

「でも、私ら、もう終わってるんです。私がフラれて……」

きっちりと別れ話をした訳ではないが、「いらんわ」と言われたのだ。ちょうどいい機会だから、ここでケジメをつけようと思った。

ちらりと見ると、進はこちらに背中を向けたまま、微動だにしない。

「何でやのん？　あんなに仲良かったのに……。なぁ！　進、何で？」

進の肩を揺さぶるルミ子に、見兼ねた辰巳が言った。

「そら、仕事が続かんと、ぶらぶらしてるんやさかい、見放されてもしょうがないんとちゃいまっか？　奥さん」

「せやからぁ」

ダルそうに、進は溜息をついた。

「一体、何の話なんか分からん。終わったとか、俺が十喜子をフったとか……。十喜子、要はお前が他の男に心変わりしたんやろ？」

「な……」

二の句が継げなかった。

自分の事を棚上げして、さも十喜子が浮気したような言い方は許せない。

「あの人とは何もないわよ。相談に乗ったげただけ」

「へぇ……。あの人？　あの人なぁ……」

小馬鹿にしたような言い方に、十喜子もかっと頭に血が上る。

「進くん。諸口さんはちゃんとした人やったよ。仕事に行ってもすぐに辞めてしまうし、パチプロみたいな真似してる進くんと違うてな。好きな女性がおるって言うから諦めたけど、私もああいうちゃんとした人と付き合いたい」

見ると、辰巳も福子も、「ひまわり」のママも美千代も皆、頷《うなず》いている。

「私、もう進くんにはついてゆかれへん。悪いけど、今日限りで終わりにして下さい」

集まった人達の視線を受けながら、十喜子は事務室を出て行こうとした。

「待って！」

弾《はじ》けるようにルミ子が身を翻し、十喜子の前に回った。そして、いきなり床に正座した。

「こ、困ります。そんな事されたら」

その場で土下座を始めたから、仰天した。

「うちの進を見捨てんとって！　この通り！」

肩を摑《つか》んで頭を上げさせようとしたが、床に頭をこすりつけたまま「お願い」と繰り返す。

「あの子は十喜子ちゃんがおらんと、あかんようになる……」

そうは言われても、十喜子にはどうしようもない。

「おばちゃん、もう諦めた方がええで」

それまで黙っていた美千代が、声を上げた。

「進が心を入れ替えん限り、また同じ事になるんやから。進は変わらんでしょ？　昔っから。歌手になりたいてゆうてたくせに、芸能事務所に入る訳でもなし、大学で畑違いの事して無駄にお金と時間を使てただけ……」

　進が「みっちゃん、自分……」と何か言い返そうとしたが、ぴしゃりと遮られる。

「ほんまの事やないの。思いついたらふらっとどっかに行って、女の子にちやほやされて、おもしろおかしく生きる。あんたはそれでええかしらんけど、その間、待ってくれてる人がおるのん、考えた事ある？　我慢にも限度があるんよ」

　美千代は、十喜子が言いたい事を全《すべ》て代弁してくれていた。

　胸が一杯になり、このままだと泣いてしまいそうだったので、十喜子は「私、もう行きます」とドアに手をかけた。その手を、ルミ子が遮った。

「進には、よう言ってきかすから……。進！　あんたもこっちに来て頭を下げなさい」

　ルミ子が進を振り仰いだ。

　どうするかと見ていたら、ゆらっと立ち上がった進がこちらに向かってきた。そして、

「すまん」と言い、母の隣に座った。

「お前にそんな辛《つら》い思いさせてたて、俺は考えもせんかった。ほんま、悪かった」

　素直に謝られ、ふと許してしまいそうになった。

　だが、ここで簡単に許してしまえば、結局は元通りだ。

「謝るだけやったら誰にでもできるし、進くんは、それで気が済むんかしらんけど、私は納得でけへん」

「どないしたらええんや？　仕事を探したらええんか？」

「それは人として当たり前の事。心を入れ替えたという証拠を形にして欲しい」

「形て……。どないやって」

「それは私が言う事やない。進くんが一生懸命考えて、私や周りの人が納得するような方法で見せて下さい。そしたら、私も考えます」

七

八月も半ばにさしかかり、そろそろお盆休みに入ろうかという頃、圭介から手紙が来た。

どうやら、例の女友達とはいい感じに進展しているらしい。圭介が学生時代から贔屓《ひいき》にしている、お皿の色と数で会計する食堂に連れて行ったところ、随分と面白がってくれたとある。

そして、最後の一行には、ちょっぴり十喜子を喜ばせる言葉が書かれていた。

もし、彼女の存在がなければ、僕はあなたにお付き合いを申し込んでいました。別れた彼氏は見る目がないです。

その一文を読みながら、少しだけ「惜しい事したかな？」という気持ちが込み上げてきた。

慣れないフランス料理店に連れて行かれたりして、辟易《へきえき》したのは事実だ。だが、それも圭介なりに女性を喜ばそうと考えたのであって、自分は何も変わらないまま、「こんな自分を捨てないでくれ」と言う進よりは余程、可愛げがあった。

(ご縁がなかったという事やね)

いや、十喜子の目が曇っていたのだ。だから、圭介との初対面ではときめく事もなく、アラばかりが目についたのだった。

後悔してもあとのまつり。

せっかくのお盆休みなのに、何も予定が入っていない。

ブリ子は、婚約者の両親に挨拶に行くと言っていたし、アラレも彼氏と旅行中だ。

本当に福子が言った通りだ。

(皆、大人になってゆくんやなぁ)

母からは、「今日も出かけないのか?」と聞かれた。

勘ぐられるのも嫌なので、帽子を被って財布一つを手に家を出た。あてもなく歩き出し、そのまま阪堺線に乗る。

大和川を越え、住宅街の中に敷かれた軌道を、電車はガタゴトと走る。何度もペンキを塗り直した内装に、日除《ひよ》けは木の鎧戸《よろいど》、手すりは真鍮《しんちゅう》といった年代物で、十喜子よりずっと年をとっている。

子供の頃は習い事に行くのに、高校時代は通学に、今も通勤にと、電車は十喜子の二十三年間の成長を見守ってきてくれた。

細井川停留場を越えた途端、ぱっと視界が開ける。

軌道の両側には車が通行し、住吉公園停留場始発の上町線が前方左手から右に交差しており、ここが阪堺線の要所の一つなのだと気付かされる。

『次は住吉鳥居前、住吉鳥居前でございます。南海線はお乗り換え下さい』

住吉大社の方角を見ると、入道雲が膨れ上がった夏空の下に、こんもりと茂った木々の緑が見えた。開放した窓から、激しく鳴く蟬《せみ》の声が入り込んでくる。

車内では居合わせた人達がバタバタと団扇《うちわ》や扇子を使い、プールバッグを提げた子供を連れた家族が乗り込んでくる。

高校時代、ブリ子達と「あべのプール」に行ったのを思い出す。深いプールの中に十ケ所ほどの水中エアーステーションが設置されていて、その中で息継ぎができるようになっていた。

半円状の透明カプセルの中から覗く景色は幻のようで、自分が魚になったような気分だった。

父親の病気や、将来への不安こそあったが、まだ無責任な子供でいる事が許された。

あの時代に戻りたかった。

（また、行きたいな）

ブリ子もアラレもプールに行って喜ぶ年齢ではなくなっているし、今も水中エアーステーションがあるのか、「あべのプール」自体が営業しているかどうかも分からない。それなのに、そんなどうしようもない事を考えていた。

「隣、座っていいですか？」

顔を上げると、頭をつるつるに剃《そ》り上げた男性が立っていた。

知り合いに、こんなヘアスタイルの男性はいないはずなのに、妙に見覚えがあった。

「……まさか、進くん」

「お邪魔します」

他人行儀な口調で、進は隣に腰掛けた。

「どないしたん？　その頭。もしかしてシラミでも感染《うつ》された？」

子供の頃、プールが原因でシラミを感染されて、近所の男の子が坊主頭にしたのを思い出していた。

「この度、『辰巳商店』さんでお世話になる事にしました。二号店を出すのに人がいるそうで、頼み込んで雇ってもらいました」

「へぇ、そう」

進は辰巳から紹介された仕事をすぐに辞めてしまったのだ。それなのに、今度は辰巳の元で働くなど、よくそんな厚かましい事ができたなと思った。

「最初はレジから品出し、パートの人がやるような仕事から始めます」

「よう許してもらえましたね」

つられて十喜子も敬語になる。

そこで、進はつるんと頭を撫《な》でた。

「十喜子さんに言われた通り、こういう形で誠意を見せました」

会話を打ち切りたかったのに、電車はゆっくりとしか進まない。何より、十喜子には行く宛《あて》がない。

「これからどちらへ？」と進に尋ねる。

「特に決めてません。十喜子さんこそ、どちらへ？」

「『あべのプール』に……」

言ってから「しくじった」と気付く。

十喜子は水着どころか、財布一つしか持っていない。嘘をついたのがバレバレだ。

「懐かしいなぁ……」

眩《まぶ》しそうに、進が目を細めた。

「入場料が高かったけど、日曜日には豪華な芸能人を呼ぶような、大人の為のプールやった。水中エアーステーションが売り物で、小学生の時、初めて友達同士で行って、あのキノコのお化けみたいなエアーステーションで息継ぎしながら泳いだ」

「確か、年齢制限があったはずですけど？」

「もちろん、監視員の目を盗んで……。深いとこまで潜っては水中エアーステーションで息継ぎをして、また泳ぐ。そんなんを繰り返して、何回目かに入った時、ふと、しょうもない事、思いついたんや。ここで屁《へ》ぇこいたらどうなるか……て。で、中に誰もおらん時に試してみたら、水面がぼこぼこってなって……。途端に、ものごっつい臭《にお》いが充満した。息ができんぐらい臭かったから、慌てて外に出たんやけど……。水面から顔出したとこで監視員に見つかって、えらい怒られた」

　十喜子はぷっと笑っていた。

「昔っから、アホやってんね」

「せや。アホは死なんと治らんと言うやろ？」

　夏の日差しが車内をかっと照り付け、やたらと明るく見える。

「そのアホと、もう暫く……。できたら、一生付き添ってもらえませんか？」

　十喜子は「この人は……」と呟いた。

　何て間のええ人なんやろ。

（いつも私が寂しがってるタイミングに、うまい具合に現れるんやから）

返事の代わりに、十喜子は自分が被っていた帽子を取り、進にかぶせた。
「ちょっと、眩し過ぎるわ」と言いながら。

涙の花嫁行列

「ふうん、進ちゃんと結婚するんや」

カズちゃんがグラスを持ち上げ、十喜子に目を当てたままストローを咥《くわ》えた。

唇をすぼめると、猫のように大きな目が際立つ。

今日もくるくると巻いた髪をポニーテールにして、肩が紐《ひも》になったワンピース姿で細い脚を組み、足先にサンダルをぶらぶらさせている。

何処《どこ》からか「おぉ～」とか、「むふぅ」といった呻《うめ》き声が聞こえてきた。

間にテーブルを一つ挟んだ席には、中学生らしき五人組がいて、先ほどからカズちゃんの動きを舐《な》めるように見つめている。日焼けした顔の中で、気味悪いぐらい白目が光っている。

「ほっそ……」

「幾つぐらい？」

「十九……。いや、十八？」

しきりに煙草《タバコ》をふかし、涎《よだれ》を垂らさんばかりに凝視しているが、その割りに女を見る目はなさそうだ。

――この人、とっくにハタチ越えてるから。

　彼らは、十喜子とカズちゃんがテーブルにつくなり、犬を呼ぶ時のように「コンッ！」と舌を鳴らした。十喜子が振り向くと「あ、不細工な方が振り向いた」と言うのだから気分が悪い。

「あの進ちゃんが結婚なぁ……。幼稚園の頃《ころ》、『将来、カズちゃんと結婚する』て言うてくれたん、ちゃんと覚えててくれてるやろか」

「……」

「小学校に上がってからも、ずっと手ぇ繋《つな》いで学校に連れて行ってくれて、虐《いじ》められた時には、進ちゃんが仕返ししてくれたんよ。『俺《おれ》のカズちゃんに、手ぇ出すな』って……。それやのに、他の女と結婚するねんなぁ」

　十喜子は膝《ひざ》の上で組んだ手をぎゅっと握りしめた。カズちゃんの子供っぽい悪意は、今に始まった事ではない。

　以前、進と十喜子の仲が進展するのが面白くなかったのか、カズちゃんは「自分は進ちゃんと寝た事がある」などと言ってきた事があった。

　進と喧嘩《けんか》になった時にその話を持ち出すと、大笑いされた。

（おおかた、一緒に昼寝した時の事でも言うてんやろ）

　商店街で商売している家は、お互いに協力し合い、定休日の時は、他所《よそ》の小さな子供を預かったりしていたのだと言う。

嫉妬《しっと》深い幼馴染《おさななじみ》というのは、本当に性質《たち》が悪い。

「カズちゃんも付き合うてる人がいてるやないですか。確か社長の息子」

顔を近づけてきて、声を潜《ひそ》めるカズちゃん。

「ほんまは進ちゃんの方が好きなんやけど、進ちゃん、お金持ってへんから」

しれっと言われて、髪の毛が逆立ちそうになる。

安定した生活をさせてくれそうな男性を恋人に選んでおきながら、進が他の女性と結婚するのが面白くないのだ。

「せやけど、知らん女に盗《と》られるぐらいやったら、十喜子ちゃんの方がええか。どうせ近くに住むやろし、そしたら好きな時に遊びに行けるし……」

「そんな気軽に来られても困ります」

この先もカズちゃんに悩まされるのかと思うと、段々と気が重くなってきた。

「十喜子ちゃんは商店街の子とちゃうからなぁ。進ちゃん、何でこんなケチな娘《こ》がええんやろ」

カズちゃんが「けけけ……」と笑うと、大きく欠けた前歯が覗《のぞ》く。一ケ月ほど前に食事中にうっかり欠いたまま、歯医者に行っていないと言う。

男子中学生達がどよめく。

「うわっ。鬼婆《おにばばあ》」

「残念女やーっ！」

「マイナス三十点！」

カズちゃんは動じる事なく、中学生に向かって微笑《ほほえ》みかけた。

「さっきから煩《うるさ》いで。かっこつけて無理に煙草吸うてから……。童貞は家でお母ちゃんのおっぱい吸うとき」

一瞬、シーンとなった後、口々に「ちゃうわっ」とか、「誰《だれ》が童貞じゃ！」とか、「歯抜け女が……」とかモゴモゴ言っている。

カズちゃんはニコニコしながら「ケンちゃーん！　ちょっと来てー！」と店中に響き渡るような大声を出した。

店のドアが開き、のっそりと現れたのは、剃《そ》り込みの入ったパンチパーマに銀縁の眼鏡、ダンディな口髭《くちひげ》を生やした男だ。

「どないしたー。和枝」

店中の注目を浴びながら、男がこちらに向かってくる。

「そこの中学生がな、カズエの事、鬼婆っていうねん」

くねくねしながら、中学生達を指さす。

さすがに中学生達は素早い。慌てて帰り支度を始め、既に出口へと向かっている者もいる。そして、会計を済ませると、我先にと外へ飛び出して行く。

子だ。

「あぁん、怖かった。ありがと。謙《けん》ちゃん」

その男は小久保謙一《こくぼけんいち》。カズちゃんにゾッコンに惚《ほ》れこんでいるという製粉所の跡取り息子だ。

「いや、どないしたん？　それ……」

カズちゃんは、謙一が手にしているものを指さした。

「この子な、さっきから、僕にまとわりついて離れてくれへんのや」

まだ大人になりきっていない若い茶トラの猫で、その猫を抱いたまま、謙一はカズちゃんの隣に座った。

「かいらしやろ？」

猫の頭を、カズちゃんに近づけるようにして見せる。

「いやっ！　野良猫やん。汚らしい！」

「えー、可愛《かわい》いやん」

「店で食事中の人もおるねんで。ほかしといで！」

「家で飼おう、思うねんけど」

謙一が撫《な》でると、猫はぐるぐると気持ちよさそうに喉《のど》を鳴らした。

「やめて！　やめて！　その猫、絶対にノミとかシラミとか持ってんで」

しっしっと追いやる仕草をする。

「そうかー？　懐いてて、可愛いんやけどなぁ」

不服そうな謙一を店の外に追い立てると、「アホちゃうか」と言い捨てた。

「ま、そういう訳やから。十喜子ちゃん。おめでとうは言わへんよ」

小さなショルダーバッグを肩にかけると、カズちゃんは立ち上がった。

二

妊娠九ケ月の大きなお腹《なか》をさすりながら、ブリ子は立ち上がった。コンロでお湯が沸いていた。

「最悪！　感じわっるぅー」

「正直、頭痛い……」

わざわざ呼び出されたから、てっきり結婚祝いでも貰《もら》えるのかと思いノコノコ出かけたら、「おめでとうは言わない」と堂々と宣言されてしまった。

「完全に喧嘩《けんか》売ってるよな。十喜子が大人しいから、調子に乗ってるんやで」

「向こうはオムツしてる頃からの付き合いやし、同じ土俵に上る気はない」

過ごした時間の長さと親密さは、必ずしも一緒だとは限らない。だが、カズちゃんの進に対する度を越した甘え方は、分別のある年齢になってから知り合った十喜子には、とてもじゃないが真似《まね》できなかった。

「それより、仕事は続いてるん？　あの変な彼氏」

大きなお腹がつっかえるのか、首から下を横に向けて、ブリ子はお茶を淹《い》れてくれた。テーブルにはアラレと贈った結婚祝いのガラスの花瓶が置かれ、小ぶりな向日葵《ひまわり》の花が生けられている。

「ええ加減、その『変な彼氏』っていう呼び方やめて。今はちゃんと仕事してるんよ」

「辰巳商店」が二号店を出すと同時に進も雇ってもらい、そろそろ一年が経《た》つ。

最初は高校を卒業したばかりの子達と同じ仕事を覚えるところから始め、パートの女性達に混じってレジ打ちもやっていた。

「普通、あの年やったら中途採用でも即戦力やろ」

企業でＯＬをしていたブリ子が、呆《あき》れたように言う。

「調理ができるから、今は惣菜《そうざい》を作らせてもらってる」

「それも、普通はパートのおばちゃんがやるよね？」

「ブリ子こそ、偏見やわ。元調理師やった男の人もおるんやから。とにかく『変な彼氏』はやめて」

お手洗いから出てきたアラレは、中で一部始終を聞いていたらしい。

「じゃあ、これからは『変な旦那《だんな》』って呼びましゅ」と何食わぬ顔で言った。

アラレの言葉に、ブリ子が手を叩《たた》いて笑う。爆笑する二人を前に、十喜子は小声で言った。

「せやから、その『変な』って言うのん、やめて……」

「絶対に変やって。おまけに、変な女までまとわりついてるんやろ？」

「十喜子ちん。法律は正妻の味方でしゅ。いざとなったら、うちの先生に相談したらいいんでしゅ」

アラレは転職し、今は弁護士事務所で秘書をしていた。

「ありがとう。いざとなったら頼むかも」

「それより、お式は住吉大社でやるんでしゅって？　いいなぁ」

催促するように、アラレが式の話を聞きたがる。

「進くんは氏子《うじこ》やし、私も高校時代から何やかんやと周りをうろうろしてたから」

住吉大社での神前式は人気があり、ツテがないと予約が取れないと聞いていた。が、そこは辰巳が間に入って交渉してくれた。

「最初は親族が集まって、簡単に挙式と会食だけする予定やってんけど、仲人《なこうど》さん……辰巳さんが『花嫁行列をやれ』と、勝手に決めてしもたんよ」

「花嫁行列！」

パンフレットに掲載された写真を見せると、二人同時に声を上げた。

「きゃあぁ！」

「めっちゃ綺麗！」

緑で彩られた境内《けいだい》の、太鼓橋《たいこばし》や石灯籠《いしどうろう》を背景に進む花嫁行列は、まるで時代絵巻のような厳かさと華やぎがあった。

「これはやらんとあかんでしょ！」

「私も、ここで式をあげたいでしゅぅ」

二人とも大興奮で、パンフレットに見入っている。

「せやけど、挙式は親族しか参加でけへんから、ごめんやで」

「でも、でも、花嫁行列の見学はできるんでしゅよね？」

「私も這《ほ》うてでも見に行く！　産気づいたら、もうそのまま境内で産む！」

二人とも披露宴には招待しているが、ブリ子には「当日の体調を見て参加してくれ」と言ってある。

「ちょ、ちょっとぉ……。もう、冗談きついわ」

「そうでしゅよ。一緒にいる私が困りましゅ」

お腹を抱えて苦し気に呻くブリ子と、その周りでオロオロするアラレの様子が目に浮かび、ドタバタのコントのような場面を想像してしまった。

「ブリ子、ほんま頼むわ。無理せんといてや」

「大丈夫、大丈夫。任しとき」

十喜子の心配を他所に、ブリ子は豪快に笑った。

三

「いらっしゃーい」とマスター。

だが、今日は「いらっしゃいませぇ」と合いの手を入れるママがいない。

一拍遅れて「あれ？　今日は一人？」と言ったのは、美千代だった。野菜と赤い鍋《なべ》が描かれたエプロンを着け、ハンバーグ定食が載った盆を運んでいる最中だった。

この春、季節の変わり目にママの具合が悪くなった。以来、美千代が店に立つようになり、ママの代わりを務めている。

東京での仕事はどうしたのか気になったが、聞くだけ野暮だと思い、そのままになっている。

「今日はお祝いの御礼を言いに……。結構なものを、ありがとうございました」

マスターは、新居用にコーヒーメーカーを贈ってくれた。

「ほんまは手動のミルで、淹れる直前に挽《ひ》くのがええんやけど、そうも言うてられへんやろ？」

「コーヒー豆まで付けて頂いて、本当にもう……」

「いやいや。商売柄、豆は安う手に入るさかい」

せっかくだから、「本日のランチ定食」を注文する。

注文を通した後も美千代はテーブルから離れず、「ほんまに、ええん？　進で」と念押しするように聞いてくる。

「他におれへんし……」

美千代が「はぁ？」と、気の抜けた声を発した。

「そんな理由で結婚するん？　流れに任せるにも程があるで」

「もう腹をくくりました」

「十喜子ちゃん。何か、ちょっと悲壮やで」

ドアに取り付けたカウベルが、からんと音を立てた。

辰巳だ。

扇子で首元を扇《あお》いでいる。

「へぇ、皆さん御揃《おそろ》いで。マスターに二代目ママ、おや、お十喜さんまで。御主人の姿がおまへんな？　あ、まだ御主人と呼ぶのは早かったかいな？」

「進くんは今、勤務中です。ここにおったらエラい事です」

「そらそうや」

手にした扇子を畳むと、ペチンと頭を叩いて見せた。

「御主人……、いや、進ちゃん、よう間に合いまっせ。『フクちゃん』でバイトしてたのは聞いてたけど、あないに手際がええとは思いまへんでした。調理師免許をとらして、いずれは責任者になってもらおかと思うてますのや」

音楽で身を立てたいという本人の思いとは裏腹に、バイトで覚えた料理が今は役立っているのだから、人生は分からない。進は不本意だろうが、霞《かすみ》を食べては生きて行けない。結婚する以上は定職を持ってもらわなければならないのだ。

仲人を買って出た辰巳は、進が「辰巳商店」に入社したのと同時に結婚させたがっていたが、「式は髪の毛が伸びてから」と進が懇願し、また貯金も全くなかった事から、一年の婚約期間を経て結婚する事になった。

新居を探したり、新しい生活に必要なものを見繕ったり、式や新婚旅行の段取りをしていたら、一年などあっという間だった。

披露宴は住吉大社に併設した施設で行われる事になったが、できるだけ安く、地味にと考えているのに、打ち合わせに同行した辰巳が「ワタイに恥をかかせなさんな」と勝手に豪華なプランを取り決めてしまうのには閉口した。

だが、会社員時代に取引があった旅行業者に、新婚旅行は破格の値引きやオプションをサービスするようにと交渉してくれたのだから、辰巳には足を向けて眠れない。

「はいよ。本日のランチ定食」

マスターがカウンターに料理を置くと、すかさず美千代が運んできた。

玉子サンドにサラダとコーヒーがついている。

「へえ、えらい洒落《しゃれ》た料理を出しまんねんな」

辰巳がしげしげと覗き込む。

「美千代が考えたんですわ」

玉子サンドはゆで卵を潰《つぶ》したものではなく、何層にも重なったふわふわの玉子焼きが、パンの間に挟まっている。

「お昼御飯やから、その方が食べでがあるでしょ？」

トーストしたパンは、焼き立ての玉子焼きを挟んだ事でほどよくしんなりとし、濃い目に淹れたコーヒーがよく合っていた。

そして付け合わせはいつものコンビネーションサラダではなく、キャベツに胡瓜《きゅうり》、人参《にんじん》、玉ねぎをマヨネーズとドレッシングで和えた、コールスローサラダで、程よい酸味が口直しにぴったりだ。

サンドイッチを一切れ差し出すと、辰巳は「美味《うま》い！」と舌鼓を打ち、「マスター。同じもん作って」とすかさず注文した。

「美千代ちゃん、立派な二代目ママやな」

「ちょっと、大番頭はん……。あ、もう社長って呼ばんとあかんか」

この春、彼はめでたく、二代目社長となっていた。

「大番頭でよろしいで」

「ほんなら遠慮なく。大番頭はん、アホ言わんとって。こんなチンケな店、誰が継ぐねんな」

「チンケな事、おませんで。ここで昼御飯を食べるの、楽しみにしてる店主もおるんでっさかい。商店街が元気でおる為《ため》には、『ひまわり』が絶対に必要なんだっせ」

マスターは「うん、うん」と頷《うなず》いている。

「十喜子ちゃんっ！」

盛大にカウベルを鳴らしながら入ってきたのは、「フクちゃん」の福子だった。

「わ、店長！　お店は？」

慌てて玉子サンドをコーヒーで飲み下す。

「バイトの子に頼んだわよ。あ、これ。ほんの気持ちだけやけど」

のしと金銀の水引のご祝儀袋を手渡される。

「おめでとう。月並みやけど、お幸せに」

「店長……」

「遠慮せんと受け取って。私、嬉《うれ》しいんよ。うちの店でバイトしてた子同士が結婚するのんが。実際、私は何もしてないけど、何か、ご縁を取り持ったみたいで……」

じーんと胸が熱くなる。

まだ、高校生だった十喜子が店番をしていると、ひょっこり進が訪れて「何か作って」と言った。

それが二人の馴《な》れ初《そ》めだ。

十喜子が余所見《よそみ》して、圭介を「フクちゃん」に連れて行った事もある。

少女から大人の女性へと成長し、その節目に揺れ動く十喜子の気持ちを、福子は黙って見ていてくれた。

「ありがとうございます。お言葉に甘えて、頂戴《ちょうだい》します……」

四

——その頃、進の自宅では。


「なぁ、進。どっちがええと思う？」

振り返ると、おかんがハンガーにかかった服を両手に持っとった。

片方は真っ赤な、もう一方はゴールドの、どっちもマキシ丈のドレス。おまけに張り切ってパーマをかけたら、ウエーブがくるくるし過ぎて、戸川昌子《とがわまさこ》みたいになっとる。

お前はシャンソン歌手か？

そう突っ込みそうになりながら、何とかこらえた。逆らうと、四倍ぐらいになって返ってきよる。

「親族は黒留袖《くろとめそで》に決まっとるやろ」

「式やないわよ。二次会。あんたの友達がお披露目パーティー開いてくれるやろ？　そこに来て行く服や」

「来るんかい？」

「行かいでかい！」

勘弁してくれ。

お披露目パーティーは青年団の人らが開いてくれる。幹事は伊勢川と八百屋の二代目。子供の時から家族ぐるみで付き合うてた間柄やけど、さすがにおかんが来るのは恥ずかしい。

「それより、ドレス。どう思う？」

「……ちょっと、俺、出かけてくるわ」

「進！　何処行くのんな？」

そそくさとサンダルをつっかけ、表に出る。

パチンコ屋に入ったものの、五千円すったところでやめた。今日は釘《くぎ》が渋い。

「ひまわり」に行ったら絶対に結婚の話を持ち出されるから、当分は近付きとうない。

すみよっさんにお参りという柄やない。

住吉公園の中をぶらぶらしてると、何処からか、懐かしい曲が流れてきた。

音の出どころを探すと、女子高生がラジカセで音楽を流しながら、ダンスの練習をしとった。見るともなしに見とったら、地面に座ってダンスを見てた女の子が、ラジカセを止めた。

「もっかい、最初っから合わせよ」

その女の子がリーダー格なんやろ。一番前に立って、動きを指示し始めた。

住吉の浜学園の子ぉらか？

やとしたら、十喜子の後輩やな。

ベンチに座って煙草に火を点《つ》けて、誰かを待っとる振りをして、その子らが踊ってるのを見る。

おい、そんな睨《にら》むな。バックでかかってる曲が聴きたいだけや。

しゃあないから、ちょっとだけ離れた木陰へ移動する。

不審者がおらんようになったからか、女の子らはダンスの練習を再開した。

「ミュージック、スタート！」

女の子の声を合図に、跳ねるようなスラップベースが鳴り、デビッド・ボウイの「チャイナ・ガール」みたいなリズムが刻まれる。

あのバンド、髪の毛をピンクに染めた奴《やつ》がおって、おまけにそいつがドラムを叩きながら歌うから、最初は「何じゃ、こりゃぁ？」と度肝を抜かれた。あと少しで大学を卒業という時やった。

音楽で食いたい。そない思って上京したら、そいつらが歌《うと》てた曲が耳について離れへんようになった。

聞いてるだけで、背中がむずむずするような歌詞やし、俺が好きなジャンルの曲でもない。当時の俺は、その曲を聴く度に「十喜子に似てるなぁ」と思ってたんやな。

女の子達のダンスは上手《うま》くいっとるようで、今度は曲が中断せえへん。

「つぅれぇなぁい〜ならぁ〜、仕方無いねぇ。でぇもぉ半端ぁにぃ〜、優しい声……か」

無意識のうちに、音楽に合わせて歌てた。

せやせや。

十喜子も、そやった。

てっきり俺に気ぃあると思てたら、「あなたとは付き合えません」ときた。俺より年下やったけど、初めて見た時、やたらと落ち着いた顔で鉄板の上で焼きそばをひっくり返してたから、「おばはんみたいな高校生や」と思った。

言うたら悪いけど、あの年頃の子が持ってる愛嬌《あいきょう》とか溌剌《はつらつ》さとか、そういうのがあんましなかった。

そうやなぁ。

いっぺん四十歳ぐらいまで生きた奴が、女子高生に戻ったみたいな、変な貫禄《かんろく》を漂わせとった。

——こいつはタダモンやない。

そない思ったら、やっぱりそやった。この俺が夢を捨てて、一緒になろういう気になったんやさかいな。

俺が結婚かぁ……。

ミュージシャンになる夢、何処へ行ったんやろ。

裕美の二の舞にならへんか何回も自分に問い直したし、今でも夢に見る事ある。ギターを弾いてると、やっぱりかっと身体《からだ》が熱くなって、居ても立ってもおれんようになる。止まってるのは、俺らしい事ない。

人生はライブや。

昨日の非常識は今日の常識やし、何もかも綺麗《きれい》に辻褄《つじつま》が合うもんやない。何が起こるか分からん。

俺はまだ、諦《あきら》めてへん。

それに、十喜子は裕美とは違う。ずっと肝っ玉が据わっとるし、糸の切れた凧《たこ》みたいな男を相手に、めそめそ泣くような真似はせん。

いつかは、いつかは俺の音楽を、日本中に認めさせたる。

いつになるか分からんけど、絶対にや。

そない言うたら、十喜子は怒るやろけど。

五

「十喜子。忘れもんない？」

時刻は午前八時半を指している。

「全部持ったよ。チエちゃんは？」

既にタクシーが到着しているというのに、千恵子が二階から降りて来ない。

「千恵子ー！　はよしなさいっ！」

母が怒鳴ると、泣きそうな声が返ってきた。

「バッグがどっか行ってしもてないねん。シャネルの。どこやったか知らん？」

こめかみに青筋を立てる母。

「バッグなんか何でもええでしょ？　お母ちゃんのヴィトン、貸したるわ！」

「いやや。あんなパチモン」

盛大に何かをひっくり返す音がする。

「ええ加減にしなさい。式場では振袖《ふりそで》に着替えるし、和装用のバッグは荷物に入れたでしょ！」

「ちゃう！　二次会用！」

「今日の主役はあんたやないし、誰もバッグなんか見ぃひんわよ」

「何を言うてんのん。披露宴や二次会は出会いの場でもあるんよ。変な恰好《かっこう》して行かれへん……。あった！　一瞬だけ待って。五分。いや、三分でええ」

再び、ドタバタと物音がして、ズドドドッと階段を駆け下りてきた。

手にはしっかりとシャネルのチェーンバッグが握られている。

「靴！　靴！」

今度は下駄箱を覗き込み、「靴がない」と騒ぎだしたから、母が「先に乗ってなさい」と十喜子を促す。

アイドリングを続けているタクシーの座席は、煙草の残り香に混じってガソリンの臭《にお》いがした。

「すんません。住吉大社までお願いします」

ようやく千恵子、続いて母が乗り込んできて、行き先を伝えた。

「千恵子のせいで、十分無駄にしてしもた。九時までには入ってってって言われてたのに……。道、混んでへんかったらええんやけど……」

「いざとなったら、途中で降りて電車で行ったらええやん」

「アホ。こんな大荷物、持って運ばれへんわ」

トランクには母の着物と千恵子の振袖が詰め込まれている。二人とも式場内の美容室に、着付けとヘアセットを頼んであった。

「これまでいっこも紹介してくれんと、いきなり相手を連れて来て結婚しますて……。ほんま、十喜子にはびっくりするわ」

何度も繰り返した愚痴を、今日も母が口にする。

「今さらやけど、もうちょっと考えても良かったんと違うん？　一応、大学まで出てる人が……」

「まだ拘《こだわ》ってるのん？　進くんの仕事のこと……」

「人に言う時に聞こえが悪いやん」

「『辰巳商店』の何が悪いん。社長は仲人してくれた上に、式場や新婚旅行の手配までしてくれたんよ」

「……お母ちゃん、十喜子には結構、投資したんやけどなぁ。子供の頃からピアノ習わせたし、高校もお嬢さん学校なんやから、ほんまやったら、もっと……」

そして、溜息をつく。

「あのピアノかて、持って行ったらええのに」

「新居は木造二階建てのアパートや。ピアノなんか置いたら床が抜けるわ」

しつこく嫁入り道具に持って行けと言われたのを、必死で拒んだのに、まだぐちぐちと言う。

沢井家の和室には、狭い家に不似合いなピアノが置かれている。

十喜子が幼い頃は、子供にピアノを習わせるのが流行《はや》っていて、母は内職で得たお金を積み立ててピアノを買い、十喜子をレッスンに通わせた。

だからと言って、母が音楽に興味があった訳ではない。単に時流に乗り遅れまいと、周囲に同調していただけだ。

十喜子は高校進学の為の受験勉強を理由にレッスンを休み、そのまま止《や》めてしまったから、ピアノは今では無用の長物と化し、居間の一角を占領している。

レッスンに通ったとて、ピアノが好きというよりは、教室に置かれていた漫画が目当てで、順番が回ってくるまでの間、「なかよし」や「りぼん」を読み漁《あさ》っていた。

あまり熱心な生徒ではなかったが、音楽の成績は小学校の時からずっと「5」だったので、ピアノのレッスンも多少は役に立っていたようだ。

「別に私をピアニストにするつもりやなかったんでしょ?」

「せやかて、ピアノぐらい弾けた方が箔《はく》がつくやないの。結婚する時に……。新居がボロボロのアパートやて、そんな甲斐性《かいしょう》なしに嫁入りするんやったら、ピアノなんか習わせる事なかったわ。あぁ、勿体《もったい》ない」

「とにかく、ピアノは金輪際、弾く気はないから。千恵子に持たせて」

その千恵子は、かつて半年もレッスンが続かなかった。

「え、何？　私？」

「何でもない」

先ほどから千恵子は鏡とにらめっこだ。赤信号で止まる度に膝の上に置いたポーチから化粧道具を取り出し、眉《まゆ》を描《か》き足したり、口紅を塗ったりと忙しい。

今は、マスカラを塗り重ねているところで、そのうち手元が狂って、アイシャドウで綺麗なグラデーションをつけた目元を汚すんじゃないかと、他人事《ひとごと》ながらひやひやする。

何とか時間に間に合って、母と千恵子は髪のセットと着物の着付けの為に美容室へ、十喜子は新婦用の化粧室へと向かい、そこで白無垢《しろむく》用に白粉《おしろい》を顔や首、手元に塗りたくられる。

鏡の中で、素顔が分からなくなるほど顔を白くされ、黒々と目の周りを囲ったり、おちょぼ口に描かれた唇を見るうち、現実感が薄れて行った。

――私、結婚するんや……。

既に婚礼箪笥《だんす》や鏡台、荷物は新居に運び込まれ、２ＤＫのアパートは家具とダンボールに占領されていた。かろうじて布団を敷くスペースを確保しただけの状態だ。式当日になっても、「あれを何とかせんとあかん」と頭が痛かったのが、不思議と忘却の彼方《かなた》へと押しやられる。

係の女性に介添えしてもらい、控室へと移動する。

既に着付けを終えた母と千恵子が待ち構えていた。

「うわぁ、お姉ちゃん、綺麗！」

千恵子が写真を撮り始めた横で、母が目を潤ませている。

仲人の辰巳夫妻もやってきた。妹の千恵子を紹介すると、「へえっ！　こんな別嬪《べっぴん》さんの妹さんがおったんでっか？」と目を丸くし、「あんさん、お見合いする気はおまへんか？」と言い出したから、母が慌てている。

「この子は十喜子と違うて、まだ子供やさかい」と言いながら。

「ところで、新郎はどないしてますのや？」

「さぁ、まだ見てませんけど……」

その時、廊下で何かを言い争う声がして、扉が開かれた。

「遅なって、すんません！」

ルミ子はアフロヘアのようなくりくりしたパーマに、昇龍《しょうりゅう》柄の黒留袖という斬新《ざんしん》な恰好をしていた。

「ルミ子さん、新郎は？」

「それが……。どっか行ってしもて……」

「どっか行ったたって、どういう事ですのん？」

「昨日の晩、魚屋と八百屋の息子が訪《たん》ねてきて、進を連れ出したんです。そのうち帰ってくるやろと、私も寝てしもて……。ほんで、朝になっても戻ってけえへん」

「あっちゃぁ～」

辰巳が額を叩いた。

「さすがに式をすっぽかす事はないと思うんやけど……」

落ち着かな気に、ルミ子は顔をきょろきょろさせている。

「頼む。ちょっと行ってきてくれ」

辰巳は控室の隅に所在なげに立っていた若い男性を呼ぶと、進を迎えに行くように言いつけた。

「青年団の団長の家、見てきてくれ。分かるか？『魚の伊勢川』や。商店街の真ん中らへんにある……」

そして、十喜子に向かって「あんさんは、座っときなはれ」と、安心させるように笑った。

「商店街で生まれた子供らの恒例行事というか、ちょっとした悪ふざけですねん。結婚式の前の日に連れ出したり、新婚旅行から帰ってきた日の夜に、いきなり新居に押しかけたり。仲が良過ぎるがゆえなんやけどな。まんまと乗せられる進ちゃんも、どうか思うわ」

「よくある事なのだ」と言いたげに、辰巳は何度も頷いた。

「あんさん、いきなり洗礼を受けたなぁ。まぁ、ドンと構えとき」

進が到着したのは、それから二十分後だった。

ドアが開くなり、明らかに二日酔いと分かる臭いが控室に漂った。進は普段着のままで、よれよれな上に目は充血し、髭《ひげ》も剃《そ》っていなかった。進を連れ戻した男は、「呆れたわ」と肩をすくめた。

「おっちゃんに言われた通りやった。店の二階で男は全員、酔いつぶれとったわ。ええ気なもんやで。進くんはカズちゃんの膝枕《ひざまくら》でイビキかい……」

「これっ！」

辰巳が目で制した。

――カズちゃんの膝枕？　膝枕って、どういう事？

膝に置いた手が、わなわなと震えた。

「あぁ、あの子ら！　何の恨みがあって、大事な日に人の息子をこんな日に遭《あ》わせるん……」

ルミ子がはらはらとした様子で、進と十喜子の顔を交互に見ている。

「おかん。おっきい声、出さんといてくれ……」

「悪ふざけにしても、度が過ぎてまんな。青年団の子らには、後で注意し……。あぁっ、あんさん……」

辰巳が止める間もなく、十喜子はかつらの上に被《かぶ》った綿帽子《わたぼうし》をはぎ取り、床に投げ捨てていた。

しんと静まった中、進を罵倒《ばとう》する言葉を探るが、うまく声が出ない。

「す……すむ……くん……。あんたは……」

過呼吸を起こしたように息が上がり、自分のものとは思えないほど、心臓が波打っていた。

「……あんたは、どんだけ……、どんだけ私をコケにしたら、気ぃ済むん？　なあ？　なあって？　何とか言いよっ！」

十喜子は進に飛び掛かり、肩や胸を拳《こぶし》で殴りつけていた。

申し訳ないと思っているのか、或《あ》るいは酔い過ぎて抵抗する力も残っていないのか、進はされるがままになっていた。

「あきまへん！」

辰巳の声が割って入った。

「もう時間がおまへん。はよう着替えさせとくなはれ」

会場のスタッフに命じて、進を新郎控室に連れて行かせた。

——もう、いややっ！　やってられへん！

そのまま部屋を出て行こうとした十喜子を、母が止めた。

「十喜子、落ち着きなさい」

ドアを開いたところで、後ろから抱きつかれた。

「お姉ちゃん！」

「十喜子ちゃん！」

「短気を起こしたらあかん！　赤ん坊の頃からの幼馴染が、ちょっと『てんご』（いたずら）しただけやさかい……」

幼馴染やったら、何をしてもええんか？

短気を起こすなって、ずっと我慢してきたわっ！

いややや、いややや、いややーっ！

自分の内側から湧《わ》き上がる声に、外から色んな人の声がわっと押し寄せてきて、十喜子の視界がぐるぐる回り始めた。

「ちょっと、ごめん」

ドスのきいた塩辛声がした。

いつの間に入り込んだのか、目の前にカズちゃんそっくりの老婆がいた。「マスダ」の女店主だ。

十喜子ははっとした。

その後ろにカズちゃんがいたからだ。

他に、伊勢川、八百屋の二代目、何人かの男がいて、皆、酒の臭いをさせていた。

「新婦さん」

「は、はい……」

老婆の声に、十喜子は怯《ひる》んだ。ハスキーを通り越して、男のような潰《つぶ》れた声に。

「うちの孫と、孫の友達らが、てんごしたようで……。しっかりお灸《きゅう》をすえときましたよって。どうか、私に免じてお許し下さい」

曲がった腰をさらに曲げ、頭を下げた。

そして、頭を上げたかと思うと、さっと後ろを振り返った。

「何をぼさーっと突っ立っとるんじゃ！　さっさと用意せんかいっ！　あほんだら！」

下を向いていた男達は、バネ仕掛けのように直立した後、何処かに駆けて行った。

老婆はさらに手を伸ばすと、一人残されたカズちゃんの髪を摑《つか》んだ。

「あいたたっ！　お祖母《ばあ》ちゃん、謝るから、やめて……」

節くれだった手で髪の毛を摑まれたカズちゃんは、頭を下げて「ごめんなさい」と謝った。

「和枝。もっと、他に言う事あるやろ？」

カズちゃんは目を伏せ、口をへの字に曲げていた。

「さぁ、何て言うんや？」

子供を諭すような、今度は優しい口調だった。

だが、カズちゃんの鼻は真っ赤で、ひくひくと顎《あご》を震わせている。その様子は、泣くのを我慢している子供のようだった。と思ったら案の定、「わあああぁ」と泣きながら、男達が駆けて行った方に走り出した。

老婆は孫の背中を見送ると、こちらを振り返った。「ふうっ」と声を漏らしながら。

「あの娘にとって進ちゃんは、血の繋がってないお兄ちゃんなんや。兄嫁さんに嫉妬してるようなもんや。せやけど、いつまでも甘えてたらあかん。よう言うて聞かせるさかい、堪忍《かんにん》やで」

ふぁさっと衣擦《きぬず》れの音がした。

「何を騒いでいるのですか？　もうすぐ始めますよ」

朗々とした声が響き渡り、皆がそちらに目をやった。

黒い烏帽子《えぼし》に純白の狩衣《かりぎぬ》、笏《しゃく》を手にした神主が立っていた。

「新郎の準備も、もう間もなく整うようです。あぁ、これ。新婦さんのお顔と衣装、早く直してあげなさい」

全く動揺した様子のない神主の言葉に、係の女性が飛んできた。瞬く間に十喜子の化粧を直した後、乱れた着衣を整え、最後に綿帽子を被せてくれた。

すっと視界が暗くなり、波立っていた十喜子の気持ちも落ち着いてゆく。

六

外に出ると、まるで二人を祝うかのように雲ひとつない晴天が広がっていた。

足元に大きな影が出来、見上げると赤い番傘が、背後からさしかけられていた。

行列を先導する供奴《ともやっこ》が先箱《さきばこ》、立傘《たてがさ》、毛槍《けやり》などを手に集合していた。平たい竹傘を頭に被り、釘貫紋《くぎぬきもん》の半纏《はんてん》に白い半股引《はんももひき》、青い手甲《てっこう》に脚絆《きゃはん》という恰好に、赤い前掛けが目に鮮やかだ。

「あっ」

供奴の何人かは、先程カズちゃんの祖母に叱《しか》り飛ばされていた男達だった。

ちらりと進を見ると、こくんと頷く。

「ちょっとだけ前祝いのつもりが、気が付いたら……朝やった」

目の端に映った進は、せっかく最高級の紋付羽織袴《はかま》を着ているのに、顔色が良くない。

大太鼓が轟《とどろ》く。

その音を合図に、供奴に先導され、ご本殿へと進む。新郎新婦の前には神官と巫女《みこ》が立ち、後ろは親族だ。

九月の秋晴れの陽光を反射する石畳、参道の両脇《りょうわき》に立つ灯籠に苔《こけ》の生えた松の木、錦鯉《にしきごい》が泳ぐ水辺。その場に居合わせた人々や、背後に続く親族達に見守られて、行列はしずしずと進んで行く。

「いやぁ、綺麗な花嫁さん」

「めでたいなぁ」

行列とすれ違った参拝客が、口々に祝福してくれる。

後ろからは、誰かが「うっうっ」と嗚咽《おえつ》する声が聞こえてきた。

ひーさーい　　　（お久しぶりです）

ひゃーたまえ　　（いやぁ、おめでたいなぁ）

ひゅーとー　　　（いやぁ、お国入り、お国入り）

何処までも高い秋空に、供奴の先導の掛け声が高らかに響く。進と飲み明かした男達も、二日酔いの身体に鞭打《むちう》って、身体を左右に揺らしている。

やがて、右手前方に朱塗りの太鼓橋が見えてきた。

ここで一旦《いったん》行列は止まり、十喜子達は手水舎《てみずしゃ》の前に立ち、手を清めた。

周囲の視線が集まるのを感じた。

進は身体を屈《かが》めるのが辛そうで、今にも倒れるのではないかとハラハラした。

再び歩き始めた行列は八段ほどの階段を上り、角鳥居《かくとりい》をくぐって、第一本宮へと向かう。

供奴が毛槍を高々と投げながら露払《つゆはら》いを行い、一歩ずつ足を進めるごとに玉砂利が音を立てた。やがて花嫁行列は、住吉造りと呼ばれる御本殿に導かれ、そのまま挙式へと移行する。

参列者は頭を下げ、神官からお祓《はら》いを受ける。

普段は立ち入れない場所に立ち、朗々とした声で祝詞《のりと》が読み上げられるのを聞くうち、自然と厳かな気持ちになってゆく。

薄暗い本殿の中、巫女の頭で飾りが揺れ、衣擦れの音が空を切った。

やがて、お神酒《みき》が運ばれてくる。

あらかじめ教えられた通り、十喜子は数回に分けて飲み干した。

一方、進は脂汗をかきながら、注《つ》がれた酒に口をつけた。

——大丈夫なん？

そんな十喜子の心配をよそに、巫女たちが神官の歌と笛に合わせて舞い、玉串《たまぐし》が捧《ささ》げられる。

神官が儀式の最後を締めくくった。

表へ出ると、相変わらず天気が良かった。先ほどと同じ光景が広がっていて、何も変わっていないはずなのに、何かが違って見えた。

供奴を先頭に、再び隊列が作られる。そして、行列は来た道をたどり始めた。

「十喜子ー。おめでとう！」

太鼓橋の所に、お腹の大きなブリ子が立っていた。隣で手を振っているのはアラレだ。先ほどは緊張して、二人がいるのに気付かなかったらしい。

二人の姿に、墓石のような制服がダブって見えた。随分と時を経たように思っていたが、制服を脱ぎ捨ててから、まだ六年。その六年の間にあった事が、次々と頭に浮かんでは消えて行く。

「あ、来た、来た」

同じ服を着た三人が立っていた。

「事務さーん」

看護補助の仲良し三人組、リーダー、ボス、ザーマスが揃って参道の脇に立っている。休憩時間を利用して病院を抜け出して来たのだろう。三人とも制服のままだった。

職員達に見せる為か、使い捨てカメラでぱしゃぱしゃと何枚も写真を撮っている。

「おめでとう」

「人生これから。楽しい事いっぱいやで」

「楽しくない事もあるわよー」

ボスが、「余計な事を言うな」とばかりに、ザーマスを睨む。

笑いを堪《こら》えながら、十喜子は職場の皆の反応を思い出していた。

事務部長と婦長さんに「結婚する」と報告したら、もう次の日には病院中に知れ渡っていた。「相手は誰か」に始まり、最後は「せやけど、あんた、男に興味あってんなぁ」で締めくくられた。

（で、退職するんか？）

事務部長などは、喜ぶより先に心配そうな顔をしていた。

（いえ。子供ができるまでは、続けようと思ってます。置いてくれますか？）

そう言うと、ほっとしたような顔をした。

（当たり前やないか。子供ができたら産休とって、また戻ってきたらええ）

そして、にんまりと笑った。

（あんたは、ここに必要な人やからな。末永く、働いてや）

往路と同じ道を歩きながら、披露宴が催される会場へと行列は進む。式の間中もずっと聞こえていた嗚咽は、まだ続いている。

最初は母かと思ったが、千恵子だった。タクシーの中で熱心に塗り重ねていたマスカラは溶け、顔はぼろぼろになっているだろう。

――お父ちゃんのお葬式の時も、一人で泣いとったなぁ。

あの時は「白々しい」と嫌悪感を覚えたが、十喜子が思っている以上に感情移入しやすい性格なのかもしれない。

——悪い男に騙《だま》されなや。チエちゃん。

対しては母は涙ひとつ零《こぼ》さなかった。

——今日ぐらいは、泣くかと思ったけどなぁ。

娘の晴れ姿を前に目を潤ませてはいたものの、式の直前にあんな茶番を見せられたからか、挙式の最中もずっと険しい顔をしていた。

そんな母の心境を思う。

ようやく一人片付いて、残りは千恵子だけ。少しは肩の荷をおろせたはずが、心配の種を一つ増やしたようなものだ。

——お父ちゃん。私、親不孝やなぁ。

気が付くと、父に向かって呼び掛けていた。

進と出会った頃だったか、耳元で父の声が聞こえた事があった。

(十喜子。男は顔で選んだらあかんど)

いや、あれは空耳だ。確か闘病中に、病院のベッドで何気なく言ったのだ。まだ、進と出会う前に、まるで十喜子の将来を予見したかのように。

仕事一筋だった堅物の父に対して、進は常人には理解しかねるような生き方をしている。

父が生きていたら、そんな男性に娘が嫁ぐ事を許してくれただろうか?

父の気持ちを知りたくても、その願いは叶《かな》わない。

ふいに悲しみに襲われた。

父が亡くなった時は、あまりに急な事に心が動かなかった。その後も自分の事で精一杯だったり、父自身が家庭での存在感が薄かったのもあり、法事の席で思い出す程度だった。今になって、父がもうこの世にいない事実を思い知らされる。

——やっぱり、見て欲しかった。私が進くんと生きて行くのを。お父ちゃんに……。

目頭を拭《ぬぐ》おうとした時、供奴の掛け声の合間を縫って聞こえた声に、十喜子の注意がそれた。

「進ちゃん！」

今、行列の先頭が差し掛かったあたり、石灯籠の陰にカズちゃんが立っているのが見えた。身体が強張《こわば》ったが、目を伏せたまま石灯籠の前を通り過ぎる。

「進ちゃん、おめでとう……」

すれ違った時に、小さな声が聞こえた。

「……十喜子ちゃんも、おめでとう……。絶対に幸せになって……」

横目で見ると、今にも泣き崩れそうなカズちゃんを、隣に立つ謙一が頼もしげに支えていた。

手に温かい物が触れた。

いつしか、進に手を握られていた。

躊躇《ためら》った後、十喜子はその手を握り返した。

ひーさーい
ひゃーたまえ
ひゅーとー

空は何処までも高く、供奴の甲高い掛け声が、吸い込まれて行った。

【参考文献】

『たこ焼繁盛法』　森久保成正　旭屋出版　二〇一七年三月
『ポケット版　大阪名物　なにわみやげ』　井上理津子・団田芳子　新潮社　二〇一六年十二月
住吉大社公式サイト　http://www.sumiyoshitaisha.net/
住吉大社の門前町　粉浜商店街公式サイト　http://www.kohama-shoutengai.com/
＊この他、多くの文献やウェブサイトを参考にさせて頂きました。

●本書はハルキ文庫の書き下ろしです。

Haruki Bunko
ハルキ文庫

は 12-3

涙《なみだ》の花《はな》嫁《よめ》行列《ぎょうれつ》 たこ焼《や》きの岸本《きしもと》❷

著者 蓮《はす》見《み》恭《きょう》子《こ》

2020年 11月18日第一刷発行

発行者 角川春樹

発行所 株式会社角川春樹事務所
〒102-0074 東京都千代田区九段南2-1-30 イタリア文化会館

電話 03（3263）5247（編集）
03（3263）5881（営業）

印刷・製本 中央精版印刷株式会社

フォーマット・デザイン 芦澤泰偉
表紙イラストレーション 門坂 流

ISBN978-4-7584-4376-0 C0193 ©2020 Hasumi Kyoko Printed in Japan
http://www.kadokawaharuki.co.jp/［営業］
fanmail@kadokawaharuki.co.jp［編集］ ご意見・ご感想をお寄せください。

JASRAC 出 2008618-001